MARTINA D'ANTIOCHIA

NADIE COMO ELLA

Montena

Papel certificado por el Forest Stewardship Council®

MIXTO
Papel procedente de fuentes responsables
FSC® C117695

Penguin Random House Grupo Editorial

Primera edición: mayo de 2021

Printed in Spain – Impreso en España

ISBN: 978-84-18038-20-4
Depósito legal: B-2.621-2021

Compuesto en Compaginem Llibres, S. L.
Impreso en Limpergraf, S. L.
Barberà del Vallès (Barcelona)

GT 3 8 2 0 4

A los que vivís la vida intensamente.

No cambiéis nunca.

CAPÍTULO 1

ZOE

Me desperté pegándome un cabezazo. Un clásico, la realidad me daba en toda la cara. Había olvidado que estaba en una litera, en la litera de abajo concretamente. No estaba acostumbrada a dormir así, en literas, y llevaba solo una semana en el internado. Había sido un buen golpe, podía notar cómo poco a poco me iba creciendo un chichón en la cabeza. He probado en pedirle de todas las maneras que se me han ocurrido a mi compañera Carol que me preste su cama de arriba, pero no ha cedido y no cederá. Todavía la conozco poco, pero ya hay algunas cosas que me ha dejado claras. Es una persona complicada, del tipo de personas que te tienes que ganar a base de confianza. Cosa que también es difícil porque confía poco en la gente, es bastante callada e introvertida, pero también bastante responsable. Pero una vez que pasas esa barrera, una vez que decide que va a confiar en ti, una vez que decide que le importas, siempre estará a tu lado... A veces me recuerda un poco a Marina, creo que ella y Marina se llevarían bien. A veces cuando pienso en ella, o en toda la gente de Los Ángeles, me da un sentimiento de nostalgia que intento olvidar. Ahora no estoy allí, ahora mi vida es esta. Este internado y esta litera de abajo. No quiero pensar en nada más. No puedo pensar en nada más. Sobre todo porque, cuando acabo pensando en quienquiera que se me pase por la mente, siempre termino con él en la cabeza... y luego recuerdo que llevo una semana aquí y todavía no me ha llamado.

—¡Oye, oye, ¿qué cojones crees que haces?! —le gritó Theodora a Carol cuando pasó por su lado ignorándola y entró en el baño. Eso logró despertarme de mi ensimismamiento. Theodora no sabía expresarse sin utilizar palabrotas al hablar. Desde las siete de la mañana ya estaba gritando groserías a pleno pulmón. Al final, terminé acostumbrándome. Es una pena que hable así siendo tan guapa. Es una morena de pelo negro, tan negro que parece casi azul, con la piel blanca como la nieve y de ojos verdes como yo.

Éramos cuatro chicas en la habitación contando conmigo, y solo había un baño, así que creo que por lógica poco tengo que explicar que esa era casi exclusivamente la principal razón por la que nos peleábamos.

—Hoy me toca a mí ducharme primero, te recuerdo que es lo que acordamos —le contestó Carol con demasiada tranquilidad.

—Es que no me has dejado ni entrar a cagar, ¡tú sabes que yo cago por las mañanas!

—Puedes cagar mientras me ducho.

—No voy a cagar mientras te duchas porque no me concentro.

—No es mi problema que no te concentres —se rio Carol en voz baja—. Puedes cagar en un cubo y tirarlo por la ventana —añadió mientras limpiaba el cristal de sus gafas.

—¡Ja, ja, qué graciosa! O puedo cagar en tu cara...

—Theodora, haz lo que quieras, pero cállate ya —le pedí, ya cansada de escuchar tanta conversación sobre cagar desde por la mañana temprano.

Al final se calló y entró al baño, no antes sin refunfuñar como una niña pequeña. Carol hizo un gesto de resignación, pero no peleó más. Yo, mientras me iba poniendo el uniforme, me giré y vi a Barbara tumbada boca abajo en la cama con la cara en la almohada y con esos pelos negros revueltos que tenía en un moño mal hecho. Si Carol era tranquila y Theodora era gritona, no sabría cómo describir a Barbara. Barbara era otro rollo diferente, ella pasaba de todo, iba a su bola y, por lo visto, eso la hacía más atractiva a los ojos de los chicos. Aún estaba intentando descubrir por qué.

—Barbara, ¿te vas a levantar? —le pregunté mientras me deshacía la trenza que me había hecho para dormir.

—Iba a hacerlo hasta que recordé que hoy es miércoles. Paso de hacer deporte por la mañana.

—Si sigues faltando a las clases de educación física no pasarás el examen práctico final —intervino Carol, que ya estaba arreglada e iba a coger su mochila.

—Solo he dicho que no quiero hacerlo por la mañana, no que no vaya a asistir a las clases.

—Y cuando te encuentren aquí, ¿qué?

—Aishhh, ¡déjame dormir! Ya me las apañaré —gruñó y se volvió a tapar con las sábanas hasta arriba.

Después de eso salimos por la puerta con nuestra mochila, donde guardábamos el uniforme de educación física para cambiarnos. Mientras corríamos por los pasillos para no llegar tarde, no podía evitar que la mirada se me fuera a cada detalle de aquel edificio. El internado era precioso, eso tengo que reconocerlo por mucho que odiara estar allí. Estaba en un pueblo en la montaña rodeado de naturaleza. Era enorme y tenía un estilo de arquitectura gótica que contrastaba bastante con sus preciosos jardines bien cuidados. Y las instalaciones deportivas eran una auténtica pasada, había pistas para casi cualquier deporte y también tenía una piscina que no estaba nada mal... y se podía usar durante todo el año. Y lo mejor de todo: una sala de ballet preciosa. Desde el día que llegué no podía pensar en otra cosa que en calzarme las puntas y deslizarme sobre el suelo encerado de parqué, mirarme en su espejo y centrarme en perfeccionar los movimientos de mi cuerpo. Como si la del espejo no fuera yo, como si fuera otra persona capaz de ser perfecta. El primer día ya pude practicar un poco, yo a solas, con todo el espacio para mí, y fue uno de los mejores momentos que he tenido en mucho tiempo.

Así que sí, el lugar no estaba mal. Al menos en esta ocasión mi padre había entendido que no vivíamos en el siglo pasado y me había mandado a una escuela mixta. Menos mal. Seguro que se tendría que haber gastado un montón de dinero en mandarme a un sitio como este... Aunque, si lo pienso, soy su hija y es lo único por lo que se ha gastado el dinero en mí, porque la única que está bien agarrada a su cartera es Margaret. Siempre le está dando todos los lujos a ella, así que al final tampoco me parece tan mala idea estar aquí.

Cuando llegamos a la parte de los vestuarios, giré a la derecha para entrar en el de las chicas y me puse el uniforme de deporte. Cuando salí afuera con mis mangas cortas, el rocío de la mañana me hacía tiritar un poco.

—Zoe, ¿verdad? —Se me acercó un chico alto pero por culpa de la niebla no podía ver muy bien hasta que no le tuve de frente. Tenía el pelo corto y rubio y los ojos azules.

—Eh..., sí, hola —dije sin saber quién era.

—Todos me llaman Zack. Voy a clases de ballet... Si no recuerdo mal, me parece que tú también te apuntaste, ¿verdad?

Era cierto. Había una serie de actividades que los estudiantes elegían para hacer después de las clases, y me puse supercontenta cuando llegué y me enteré de que podía hacer ballet. Yo que pensaba que tenía que renunciar... Fue una de las muchas cosas por las que lloré al venir aquí.

—Eh..., sí. —La conversación me estaba poniendo incómoda mientras esperaba a que mis amigas terminaran de cambiarse. Al fin y al cabo no conocía a aquel chico de nada.

—Bailas genial —dijo después de un silencio que me pareció eterno. No sé por qué, pero por la forma en la que hablaba y movía las manos me dio la sensación de que era gay.

—¡¡¡Tía!!! ¡Acércate! —Me llegó un alivio al escuchar la voz de Theodora.

—Tía, que ese es el crush de Carol —me dijo enseguida, señalando con la cabeza hacia el chico con el que acababa de hablar.

«Vaya, pues pobre Carol, creo que no estará interesado en ella jamás a no ser que sea un chico», pensé para mí pero no dije nada, tampoco quería meter la pata con algo que no me incumbía.

—Ah, ¿en serio? Pues se me acercó él. Lo siento, ya no volveré a hablar con él —esto último lo dije mirando a Carol. La verdad es que me hizo un favor Theo al decirme eso.

—¡Ve a hablar con él, tonta! —La empujó Theodora, pero Carol se quedó quieta.

—No... Seguro que no estará interesado.

—Sí que lo estará —le aseguré.

—¿Cómo lo sabes?

—Porque es sociable —lo dije en un tono como si fuera malo, pero enseguida añadí una sonrisa. A veces me olvido de que solo porque yo no lo soy no significa que sea algo malo, pero a veces sucede que la gente muy sociable me asusta.

Se oyó un silbato que me sacó de mis pensamientos e impidió, también, que Carol tuviera que decidir si hacer un movimiento o no.

—¡Buenos días, chicos! ¿Estáis preparados para un poco

de atletismo por la mañana? —preguntó el profesor que acababa de llegar.

El internado estaba rodeado por seis jardines en total que estaban unidos por varios senderos preciosos. Nosotros estábamos en el principal, que es la entrada que está rodeada de árboles, flores y una bonita fuente en medio. Era donde salíamos al recreo. Hacíamos atletismo en un campo de fútbol enorme que estaba rodeado por una pista de atletismo, así que al profesor le encantaba hacernos correr con nuestros bártulos hasta allí. Cuando llegamos, dejamos las mochilas en las gradas y nos pusimos a correr. A mí no me gustaba nada correr y cargando con la mochila menos. Se me caía continuamente del hombro y el pelo se me ponía continuamente en los ojos. Debería habérmelo recogido en un moño.

—Creo que lo tuyo es el ballet, ¿eh? —dijo Zack cuando me alcanzó y se puso a correr a mi lado.

—Ya... —Me costaba respirar, así que es lógico que no pudiera seguir una conversación mientras corría.

—Oye, ¿te puedo hacer una pregunta? —jadeé.

—Sí, dime.

—¿A ti te gustan los chicos? —De repente dejó de correr y se paró en seco, mirándome como si estuviera loca, una reacción un poco extraña porque, la verdad, yo no había dicho nada malo.

—No, Zoe, me gustan las chicas —dijo mirándome intensamente.

—No sé por qué, pero creo que mientes... —Me puse a correr otra vez antes de que pudiera decirme cualquier cosa.

CAPÍTULO 2

JESSICA

Era mi séptimo día allí, no iba a estar mucho más tiempo. La ciudad donde me encontraba se llamaba Rye y hasta hace dos días no hubiera podido colocarla en el mapa ni aunque me hubieran dado mil pistas. Su nombre significaba «orilla de un río» precisamente porque la ciudad está rodeada por tres ríos, en el este del condado de Sussex, en Inglaterra. Era rústica y había muchísima naturaleza por todas partes. Era bonita, mucho, pero yo me aburría como una ostra. Lo único que hacía era darme largos paseos. Y yo los odio. Mi madre no me quería mucho tiempo en casa porque decía que tenía que darme el aire fresco, pero en realidad yo creo que lo hacía para tener un rato para ella sola. Al menos, dentro de lo malo, logré convencerla de que me dejara ir sola sin tener que pasar encima el único momento del día que tenía solo para mí con mis dos hermanos pequeños, insoportables. El clima en Inglaterra es muy diferente. Hay humedad y eso hacía que mi pelo se comportara como una horrible melena de gato. Todavía no había visto el sol desde que llegué, soy de esas personas a las que el clima afecta mucho su estado de ánimo, y solo me sentía depresiva. Gris, como los días. Monótona, como las semanas, una detrás de otra.

Las calles eran estrechas y empinadas, nada que ver con Los Ángeles. Estaban hechas de piedrecitas y la hierba mala crecía entre ellas. Podías ir andando a todas partes, todo estaba cerca, y siempre te encontrabas prácticamente a la misma gente. La construcción de las casas parecía que se había quedado atascada en la Edad Media. Muchas tenían plantas trepadoras en las paredes. Estaban hechas de ladrillos o de piedra y estaban unas pegadas con las otras. Me sentía como la protagonista de un cuento de hadas. Todas las casas eran iguales, con ventanitas pequeñas y escaleras en la entrada. Las calles eran tan parecidas que parecía estar atrapada en un laberinto. Me perdía varias veces y luego tenía que estar horas intentando llegar a mi casa.

Habíamos llegado aquí porque mi tía Monica, la hermana de mi madre, hacía muchos años que se había mudado. A ella siempre la agobió la sensación de gran ciudad de Los Ángeles, ella prefería el ritmo más calmado y ahora empezaba a entender por qué lo había encontrado aquí.

Al final terminé yendo a un recodo del río Tillingham, en parte porque era casi el único sitio adonde sabía ir sin perderme, ya que vine el primer día con mis hermanos y con ella precisamente, era uno de sus lugares favoritos del pueblo y el primero que quiso enseñarnos. El río medía casi diecinueve kilómetros, pero yo había llegado a la parte más bonita. Este sitio era mágico, me relajaba y siempre que salía a pasear me iba allí a pasar el rato. Era como un bosque separado por un río. El lugar era tan bonito que parecía una pintura, con árboles tan altos como edificios y hierba en las dos orillas, donde los pocos rayos de luz que conseguían colarse por los huecos que dejaban esos árboles atravesaban el agua cristalina.

Me senté en la hierba y dejé la mente en blanco, solo admirando la preciosa naturaleza de aquel lugar... Mi respiración empezó a aflojarse...

—Hey, chica, ¿hola? ¿Estás viva? —una voz salió de la nada.

No sabía si era un sueño... hasta que me pegaron la bofetada más fuerte de toda mi vida.

—¡OUCH! —No solo me despertó, sino que casi me mata de un infarto... sin mencionar que sentía mi corazón latir en esa zona de mi mejilla que me quemaba de dolor. Cuando conseguí centrar la vista me encontré con una cara irlandesa total. Aunque luego no sean todos así. Pero este sí lo era. Este, de hecho, podría estar en un anuncio de esos de Visit Ireland. A saber: pelirrojo, piel blanca con algunas pecas por la zona de la nariz que solo se veían si te acercabas... y ojos azules.

—¡Qué original! —pensé para mí, pero debí de decirlo en voz alta porque me miró con cara extraña.

—¿Cómo? Dios, te habrás dado un buen golpe porque creo que estás diciendo cosas sin sentido —me dijo mirándome extrañado.

Ups, puede que lo haya pensado en voz alta... definitivamente.

—Querrás decir que TÚ me has pegado un buen golpe. ¿Quién eres y por qué me has pegado una hostia?

—Soy James y te he pegado para despertarte, te habías desmayado.

—James... ¿Tienes algún problema en la cabeza? ¿Algo que no te deja pensar cuando actúas?

No sabía qué era lo que hacía que me cayera peor, si la hostia que me había dado o que me despertara de la siesta.

James me miraba confundido y serio, pero yo estaba que rebosaba de rabia. Pero no pude explotar porque algo nos interrumpió. De repente, sin saber muy bien de dónde, apareció un perro enorme. Venía rebufando y corriendo hacia mí. Sin que pudiera protegerme, se puso a chuparme toda la cara.

Genial, ahora no solo estaba medio aturdida por la bofetada, ahora también tenía la cara toda pringosa de babas de perro de vete a saber dónde.

Me puse de pie antes de que pudiera seguir chupándome. Era un precioso labrador blanco. Seguramente solo quería hacer una nueva amiga y esa era su forma de decírmelo, pero igualmente toda la situación me enfurecía, quería pegarle a alguien.

—¿Y este bicho de dónde ha salido? —Intenté esquivarlo mientras seguía saltando hacia mí.

—¡Es mío! ¡Coco! ¡Coco, ven aquí! Siéntate —llamó al perro con una mezcla de dulzura y seriedad que hizo que él le obedeciera. Coco se sentó justo delante de él moviendo la cola.

—Buena chica.

Por un momento sentí simpatía hacia los dos, hay algo mágico siempre entre un perro y su humano, cuando puedes percibir el respeto y la complicidad entre los dos. Pero enseguida me acordé de que aquel humano acababa de abofetearme sin venir a cuento.

—¿Se puede saber qué te he hecho yo para que vengas y me despiertes de mi plácida siesta de la manera más violenta que hay? Y encima tu chucho me ha dejado la cara pringosa y asquerosa.

—Mi Coco solo estaba intentando ser cariñosa. Y, además, pensaba que estabas muerta.

Me lo soltó así, sin pensárselo dos veces. Como si ver a una muerta a la orilla del río fuera la conclusión más normal. Pero, vamos a ver, ¿cuántos años tenía ese chaval? Mi hermano pequeño era más inteligente que él.

—¿Y qué pasa? ¿Que no veías cómo respiraba o qué? ¿No se te ha ocurrido preguntar primero?

—¿Cómo te llamas? —dijo, claramente sin darse cuenta de la cara que yo le estaba poniendo.

Ahora la que quería pegarle una hostia era yo... Me estaba sacando de mis casillas que no me escuchara.

—Jódete —dije agresivamente. Y cerré la boca, apretando los labios bien fuerte, para que se diera cuenta de que no estaba interesada en presentarme.

—Bueno, chica rara, te juro que no estabas respirando —me dijo con preocupación.

—Bueno, pues gracias por preocuparte. Pero ¿qué más te da si no me conoces? —Y, dicho esto, me giré y empecé a caminar en dirección contraria. Estaba tan enfurruñada que seguí hablando para mí misma, que es algo que hago a menudo. Pero por lo visto aquella tarde estaba empeñada en hablar demasiado alto... De todos modos no me importaba en absoluto lo que pensara de mí. No me conocía de nada ni falta que hacía. Su opinión no me interesaba lo más mínimo.

»Además... No es que me quiera morir, pero tampoco me preocuparía mucho si dejo de respirar... Total, mi vida es una mierda —esto último lo dije bien alto, porque a medida que las palabras salían de mi boca me iba enrabiando más, como si decirlas me estuviera liberando de un peso acumulado que no sabía que llevaba encima. Como cuando te quitas la mochila y solo entonces te das cuenta de lo cargada que la llevabas.

El chico me miraba como si fuera un tipo de alien o algo así.

—¿Y por qué es una mierda? —Se sentó en la hierba, a pesar de que yo estaba de pie y claramente marchándome de allí. Había en él algo muy tranquilo, como si no tuviera prisa por nada, como si estuviera paseando por la vida. Me observaba con atención mientras acariciaba al perro y le daba alguna chuche de su bolsillo. La verdad es que eran bastante adorables.

—No quiero matarte del aburrimiento, además, no creo que un desconocido quiera escuchar mis problemas.

—Bueno, la verdad es que... puede que no sepas nada de mí, pero yo sé algo de ti, una mínima parte... pero algo sé.

La verdad es que aquello consiguió interesarme. Me acerqué lentamente hacia donde él estaba.

—¿Ah, sí? ¿Qué sabes? —dije sentándome otra vez quedando frente a él, a una distancia prudente para que el perro no se me acercara.

—Pues sé... que eres nueva por aquí porque no te he visto antes y además el acento americano te delata al hablar. También sé que todos los días sales a dar largos paseos, porque saco a pasear a Coco y te veo. Te quedas muy quieta en la orilla del río y ves pasar el agua, y dejas la mente en blanco, como si el agua se pudiera llevar también tus pensamientos.

De repente hizo una pausa, como si no se atreviera a continuar. Pero sí se atrevió:

—Sé cómo te sientes aunque no lo creas...

—¡Alto! —le corté—. No tienes ni idea de eso. Ni aunque te lo explicara me entenderías... con mis sentimientos, no.

—También sé dónde vives...

Y eso sí que hizo que saltaran todas mis alarmas.

—¿Cómo? —Estaba empezando a pensar que James tenía un grave problema, a lo mejor era psicópata porque tenía toda la pinta. Él pareció darse cuenta de lo que pasaba por mi cabeza, porque rápidamente añadió:

—No me mires con miedo —comentó mientras se reía—, este es un pueblo pequeño, vives un par de casas más abajo, cuando salgo a pasear a Coco a la misma hora que tú, te veo.

¿Encima se estaba riendo? ¿Es que acaso se estaba pitorreando de mí? ¿En mi cara? Decidí que ya estaba bien de tanto cachondeo a mi costa.

—Bueno, James, pues me alegro de que sepas tantas cosas sobre mí —conforme le iba contestando me daba cuenta de que estaba alzando cada vez más la voz—. Cuando llegues a tu casa apúntalo en tu diario, apunta también todos los sitios adonde voy, puede que te sirva cuando llegue el momento en el que decidas matarme —le dije poniéndome de pie para largarme de allí.

Empezó a reírse de nuevo. Esta vez todavía con más ganas.

—Eres graciosa, pero todavía no me has dicho cómo te llamas...

—¡Y no te lo diré! —le dije, alejándome.

—¡Lo descubriré! —fue la última cosa que me dijo. O la última que oí. Porque me fui de allí corriendo.

CAPÍTULO 3

JESSICA

—¡Hola, ya he llegado! —dije entrando a la casa de mi tía Monica y cerrando la puerta—. ¿A qué hora nos vamos? Por la tarde, ¿no? —Tenía unas ganas indescriptibles de llegar a mi casa. De volver a mi cuarto, de moverme por mi ciudad, de comer mi comida. De ver a mis amigos, eso sobre todo.

Dije todo esto mientras me sacaba el abrigo, me descalzaba y colgaba el bolso, todo a la vez. Así que no pude ver la expresión de sus caras porque, obvio, estaba demasiado ocupada. Cuando me giré, parecía que había llegado tarde a un funeral, porque me miraban todos con caras de «¿por qué has llegado tarde? No ves que es un momento delicado y de sufrimiento?».

—¿Quién se ha muerto? —pregunté con sarcasmo. Pero enseguida que lo dije me quise tragar mis palabras. Aquello era serio. Mi madre, mis abuelos, mi tía y mi hermano estaban llorando, y mi hermanita tenía cara de no entender nada.

—Pero ¿qué ha pasado? Hablad, soltadlo ya —subí mi tono de voz preocupada. Cogí una silla y la puse enfrente del sofá, me senté con los brazos cruzados y mirándolos a todos. Mi hermana pequeña tenía cara de pocos amigos, estaba enfurruñada.

—¡Nadie me quiere decir nada! —protestó Cloe.

—Es tema de mayores, Cloe —le respondió mi hermano, que estaba sentado en el suelo encima de la alfombra, a su lado. Mientras lo decía le revolvió el pelo. Supe al instante que eso la iba a hacer enfadar, porque solo conseguía hacerla sentir más insignificante.

—¡Tú solo tienes tres años más que yo! ¡No eres mayor! —le gritó enfadada, levantándose y apartándose de su lado.

—¡Cloe! Ya basta, vete a tu cuarto. No deberías estar aquí ahora —la regañó mi madre limpiándose las lágrimas.

Mi hermanita al final se fue a su cuarto con los brazos cruzados y pisando fuerte con cada paso que daba para que se notara que estaba enfadada, dramática como siempre... Yo miré la escena perpleja. Con los ojos como platos, giré la vista a mi madre tan rápido que pegó un leve respingo.

—Pero ¿se puede saber qué coño pasa? —Me levanté cabreada. Ya estaba que no aguantaba más, el día se estaba torciendo de una manera impresionante. Si creía que lo peor de mi día era el loco que me había encontrado en el río ya empezaba a estar claro que no. De hecho, lo peor es que sabía que lo malo todavía no había acabado.

—Esa boca, niña, hay que ver los niños de hoy en día... —dijo mi abuela.

—Siéntate y escucha —habló por fin mi madre, se notaba que le estaba costando no llorar.

Abrió la boca, pero tragó aire y se tapó la cara con la mano aguantándose el llanto que amenazaba con salir de su interior.

—Tu padre... —Empezó a llorar nada más terminar de decir eso. No podía hablar y yo no me podía creer lo que me iba a caer encima... ¿Mi padre? Mi padre. No me hacía falta escuchar nada más para sentir miedo. Es increíble cómo una sola palabra te puede afectar tanto, te puede llegar tan adentro... Una palabra normal para el resto de la gente. Una palabra que debería significar «amor», «consuelo», «cariño», «protección»... Una palabra que debería significar «casa». Pero para mí no significaba nada de todo aquello. Al contrario.

Me quedé de piedra. No sabía qué esperarme, pero eso jamás se me hubiera pasado por la cabeza... Ya no estaba enfadada. Ahora tenía muchísimo miedo.

Me temblaban las manos pero necesitaba saber más.

—¿Qué pasa con mi padre? —dije cambiando el tono de voz, apenas pude escucharme a mí misma. Mi madre negó con la cabeza sollozando y se fue del salón. Me vino un escalofrío dejándome con mal cuerpo. Mi tía Monica se echó para adelante y me agarró fuerte las manos mirándome seria y serena.

—Jessica, quiero que mantengas la calma.

No estaba preparada para lo que me iba a venir, no lo sabía... pero no estaba preparada.

Me tragué los nervios que me estaban arañando la garganta y asentí levemente.

—Tu padre acaba de salir de la cárcel.

Ahí estaban. Las palabras como una sentencia. Mi sentencia. No dije nada. No reaccioné. No sabía qué decir... En realidad, no sabía qué pensar. Parecía un chiste sin gracia, no lo entendía. ¿Cómo que mi padre había salido de la cárcel? ¿Eso cuándo pasó? ¿Por qué?

Pero mi familia no le verá jamás porque él ya no vive en... Entonces fue ahí cuando se me vino un recuerdo a la cabeza, un recuerdo asqueroso que lo único que hace es quemarme de furia por dentro: mi padre llevándose a mi madre lejos de mí...

De repente sentí un impulso de rabia inesperado. Me vino una rabia tan vehemente que quería pegarle a alguien o a algo, necesitaba liberar toda esa ira que se había acumulado tan de pronto... El hecho de pensar en las sucias y repugnantes manos de mi padre puestas sobre mi madre me estaba dando un ataque de pánico.

—¿Adónde vas? —me preguntó mi tía cuando me levanté de inmediato sin mirar atrás, directa hacia la puerta.

—A algún sitio —dije, recogiendo rápidamente mi abrigo y mi bolso y mis cosas. Estaba sonando muy enfadada y mi tía no se merecía aquello, no era ella a quien odiaba con todas mis fuerzas.

No quería hablar, no podía, porque sabía que era tan grande la ola de coraje que inundaba mis sentidos que no podía pensar en otra cosa y me estaba costando la vida contestar sin chillar.

—¡Jessica! ¡Vuelve aquí ahora mismo!

—¡NO! —Cerré la puerta de un portazo, pero yo seguía dentro. No me moví, permanecí quieta al lado de la puerta de madera vieja que parecía que se iba a romper solo con mirarla.

—¡¿CÓMO ES POSIBLE QUE HAYÁIS PERMITIDO QUE SALGA?! —estaba gritando a todo pulmón y poco a poco estaba empezando a notar cómo el dolor de cabeza me estaba dando mareo.

—Entiendo que estés enfadada, tranquila, que no eres la única que lo está pasando mal. Pero, Jessica, nosotros no podemos hacer nada al respecto...

—¡¿QUÉ PASARÁ CUANDO VUELVA A POR MI MADRE?! ¡¿NO PENSASTE EN ESO, ¿VERDAD?! —Vi que mi abuelo se levantó del asiento y se perdió por el pasillo, cansado de escuchar tanta pelea...

—Jessica, al abuelo no le sienta bien escuchar tantos gritos...

De repente, vi a mis dos hermanos asomarse por la esquina de la pared del pasillo, detrás de mi tía.

—¿Y crees que a mí me sienta bien escuchar esa noticia? ¿Como si no pasara nada? ¿Como si a ese asqueroso no se le pasara por la cabeza ir en busca de mi madre cuando regresemos a casa...? ¿Y si vuelve a hacerle daño? ¿Otra vez a la cárcel? Y ya... Ya qué más da, total... Ya lo hizo una vez y no hay marcha atrás —dije bajando el tono de voz, no por obedecerla ni mucho menos, sino porque la garganta me quemaba si seguía gritando de esa manera.

—¿Qué quieres que hagamos? —Mi tía había bajado las manos y la mirada hacia el suelo, como derrotada—. ¿Que le matemos? —suspiró, cansada de discutir—. Por eso nos quedaremos más tiempo aquí, para que esté a salvo.

—Si lo tuviera de frente te juro que lo haría —Y esta vez cerré la puerta de otro portazo, pero saliendo. El golpe fue tan fuerte que pensé que la iba a arrancar. Salí hecha una furia, no sé adónde iba, yo solo caminaba y esta vez no me importaba si me perdía.

CAPÍTULO 4

ZOE

Había tenido una semana muy dura de estudiar y de exámenes, así que necesitaba tiempo para mí sola y las chicas no paraban de hacer ruido en la habitación, y eso solo conseguía estresarme más. Así que decidí ir a la sala de ballet. Ese solía ser el único lugar en el mundo que me calmaba. En realidad lo que me calmaba era el baile, estar a solas con mi cuerpo y mi cabeza. Pero en aquel lugar, además, tenía el privilegio de poder estar sola. A solas conmigo. Y la verdad es que lo aprovechaba siempre que podía.

Era por la noche, así que se suponía que estábamos todas «dormidas», por lo que aproveché y salí en pijama para hacer el mínimo ruido posible. En el hombro llevaba colgada mi bolsa de ballet para cambiarme una vez en la sala. Todo el colegio estaba a oscuras y recorrí los pasillos de memoria hasta llegar allí. Cuando llegué la sensación era tan placentera...

Ver la sala tan grande y vacía para mí sola... Olía a pintura y humedad. Me quité el pijama y me puse las medias y el maillot, no me cambié en los vestuarios porque siempre suelen estar hechos un desastre. Mis compañeros suelen dejar ahí sus cosas todas desperdigadas y no me apetecía tener que lidiar con el desorden de nadie.

Además, como estaba sola y tenía todo el espacio para mí, me cambié en medio de la sala, enfrente del enorme espejo. No quería encender las luces porque iban a brillar demasiado y despertaría a todo el mundo, así que decidí bailar solo con la luz de la luna que se colaba por los ventanales con vistas al jardín principal.

Me puse las zapatillas de media punta. Sé que no debería, que debería ensayar con las zapatillas de ballet de punta, pero esos días estuve haciendo horas extras en los recreos y después de clase, y tenía los pies hechos polvo. No me cabía una sola tirita más, necesitaban un descanso.

Me puse los auriculares y empecé a bailar... A pesar de tener toda la inmensa sala para mí, tenía que intentar quedarme en el sitio, ya que en la competición de verdad iba a estar rodeada de gente.

Fue uno de esos momentos en que me fundí con el baile, en que el baile me permitió entregarme entera y olvidarme de todo, de quién era, de por qué estaba allí, de por qué una cierta persona se colaba en mis pensamientos cuando menos me lo esperaba... Nada de eso existía mientras yo daba vueltas por la sala y me fundía en mis movimientos y mi música.

Nada importaba.

Solo yo.

Por un momento.

Por unos instantes.

Solo yo.

Solo yo y el baile.

Solo yo y la música.

Solo yo.

Pero no fueron unos instantes. En realidad el tiempo se me pasó volando. Después de casi dos horas ensayando me di cuenta de que tenía que parar. Los pies ya no me seguían y estaba empapada de sudor.

Me volví hacia donde había dejado mi ropa para cambiarme y empecé a desvestirme. Pero, justo cuando terminé de ponerme la camiseta, escuché un ruido a lo lejos que me hizo pegar un brinco. Fue un golpe contra la puerta de metal de la entrada, cerré la cremallera de la mochila y salí a ver quién era. Una sombra se alejaba por el pasillo.

—¡Hey! No te vayas —le dije al chico que empezó a correr nada más escucharme. Cuando se dio la vuelta me quede supersorprendida.

—¿Zack? —Me acerqué para verle mejor. ¿Qué hacía él allí?

—¿Qué haces aquí?

—Yo podría preguntarte lo mismo, ¿no crees, Zoe? —Daba igual cómo y en qué momento habláramos, siempre era excesivamente simpático conmigo y eso me ponía demasiado incómoda...

—No soy tonta, sé que me estabas espiando.

—En realidad, no te ofendas —me dijo gracioso—, estaba haciendo cosas más importantes que eso, y cuando pasé por aquí y te vi me extrañó.

—¿Qué cosas estabas haciendo?

—Zoe, no puedo decírtelo. —Está bien... Tampoco era que me interesara, solo pregunté por cortesía... Bueno, se podría decir que un poquito sí que me interesaba.

—¿Alguna pregunta más? —me preguntó conteniéndose la risa.

—Sí, mmm... ¿Cuánto tiempo exactamente llevas espiándome?

—Desde que estabas bailando, te vi hacer el *grand jeté*, que por cierto te salió perfecto. —A partir de ahí ya no podía seguir concentrada, un calor infernal me recorrió el cuerpo y me daban ganas de volver al pasado, hundirme bajo tierra o matarle para que no hubiera visto lo que vio...

—Sí... Mmm... Gracias, estuve muchas horas practicando. —Sé que él notó cómo mi respiración empezó a acelerarse y poco a poco estaba entrando en pánico.

—¿Por qué te has quedado tanto tiempo? —le pregunté furiosa, apenas podía hablar, no me salían las palabras...

—Porque tengo que aprender de la mejor. —Me regaló una sonrisa de esas simpáticas que él pone siempre, pero que lo único que consiguió fue que me pusiera todavía más nerviosa, me costaba tragar.

—Digo... que... —me pasé la mano por la frente en un intento de relajarme—, que por qué te has quedado tanto tiempo aquí mirando una vez que terminé, estuve como diez minutos estirando... —Me costaba mantenerle la mirada, pero quería saber por qué cojones se quedó a ver cómo me desnudaba... «Dios... Me vio desnuda». Un asqueroso escalofrío me recorrió la espalda.

—¡Quería saber cómo estirabas! —Iba a hablar pero me interrumpió—. Zoe, ¿por qué haces tanto drama? Me gusta aprender de ti, si supieras en la alta estima que te tengo... —Su expresión cambió de simpática a más seria, entonces supe que no tenía que darle más vueltas.

—¿Sí, verdad? ¿También querías ver cómo me cambiaba? Ya sabes, para aprender... —Le estaba mirando con verdadera furia, podía notar el poder de la adrenalina recorrer mi cuerpo, ya no tenía miedo. Ahora quería demostrarle quién era la que mandaba porque merezco respeto hasta del más cretino. No decía nada, solo se quedó allí mirándome serio, y eso me enfureció más.

—¡Habla! —le grité.

—¿Por qué no mejor olvidamos lo sucedido? Ya sabes, como si no hubiera pasado.

Yo estaba que ardía.

—¿Cómo? ¿Crees que te vas a ir de rositas tan fácilmente? Jamás vuelvas a espiarme, capullo. —Le escupí. Se quedó sorprendido porque no se lo esperaba, se limpió el escupitajo de la cara y me miró muy fijamente.

Y en aquel momento vi que algo dentro de él despertaba, era como una furia que había estado conteniendo, como si de repente me fuera a mostrar su verdadero yo.

—O, si no, ¿qué?, ¿eh? —Me acorraló contra la pared y esta vez vi algo que no me gustó nada en su mirada. Ya no era el Zack simpático de siempre. Ahora daba verdadero miedo... En el fondo siempre supe que tenía dos caras, ya que nunca me dio confianza.

—Sabes que nunca me caíste bien, ¿verdad? —le dije con el corazón en un puño. Sabía dónde me estaba metiendo pero... con la situación de Marina aprendí que hay que echarle cara a tus miedos, si no, te terminan comiendo. Le miré de la misma manera que él me miraba a mí, la única diferencia era que yo estaba aterrorizada.

—Zoe, no quieras ir por ese camino...

—O, si no, ¿qué?, ¿eh? —le imité a pesar de que el que me acorralaba era él y yo no tenía nada para amenazarle, al contrario de él, se le veía un tío experto en estas cosas... Apuesto a que no soy la única chica que ha vivido algo parecido con Zack.

—O, si no, le mostraré a todo el colegio el vídeo de ti que acabo de grabar desnudándote.

¿Qué? ¿Qué estaba diciendo aquel cretino? ¿Cómo se me había ocurrido desnudarme sin fijarme en si había alguien? No, un momento. No es culpa mía. ¿Qué hago creyendo que yo tengo algo de culpa en esto? La culpa es de este cretino que cree que puede ir por ahí grabando a la gente sin su consentimiento. Se me agolpaban las ideas en la cabeza, no podía pensar con claridad, el corazón me iba a mil por hora... No podía ser real... ¿Por qué me haría algo así? ¿Por qué me merecía yo esto? —Los ojos estaban empezando a llorarme.

—Dios, Zoe... Qué cuerpo que tienes... Más de uno se moriría por tocarlo —me susurró muy cerca de mi oído pegando sus caderas a las mías. Me sentía atrapada y sin vida. No veía cómo iba a salir de aquello... No veía el final del libro... Pero lo vi.

—No serás tú el que lo haga. —Le empujé sin pensármelo dos veces; estaba claro que no se lo esperaba por la expresión que puso, luego soltó una risa maliciosa.

De pronto los dos nos quedamos congelados en silencio, pues el tarareo de una mujer se escuchaba cada vez más cerca. De inmediato nos separamos, pero ya nos pilló.

—¿Buenos días? —Era la cocinera que empujaba el carrito del desayuno.

—Somos los bailarines de la competición —dijo él, rápidamente, adoptando una postura supernormal, como si allí no estuviera pasando nada, como si el muy cerdo no me estuviera amenazando.

—Ah, bueno, suerte entonces. —La señora todavía no parecía muy convencida pero, al menos, me pude salvar de aquel desagradable momento. Él me lanzó una última mirada antes de largarse corriendo por las escaleras y vi que se le cayó un paquetito del bolsillo, pero cuando fui a agacharme la cocinera lo recogió y se lo metió en el bolsillo de su delantal.

—No te preocupes, cielo, lo tengo yo, ya te puedes ir. —Me dedicó una sonrisa y me fui a mi habitación. Me quedé con las ganas de saber qué era, pero apenas me dio tiempo de mirarlo bien. Me quedaban muy pocas horas de sueño, y encima las empleé pensando qué hacía Zack allí cuando yo estaba bailando. ¿Qué era ese paquetito que se le cayó del bolsillo? Y, sobre todo, ¿por qué de repente se comportó así? ¿Cómo pudo cambiar tanto o fingir tan bien cuando le conocí?

CAPÍTULO 5

JESSICA

No sé cuánto tiempo llevaba fuera, pero ya estaba empezando a oscurecer y a caer la humedad. Estaba superperdida y, para colmo, me había dejado el móvil en casa. Tenía frío y hambre, pero luego recordé la pelea con mi tía y se me quitaron las ganas de volver a casa. Tenía dos libras en el bolsillo, lo justo para comprarme un cupcake, pero las tiendas estaban cerradas... Si lo pensaba, en realidad las calles estaban bastante limpias para tumbarse y dormir... «¡Por Dios, Jessica! ¿En qué estás pensando?! ¡¿Cómo vas a dormir en la calle?!». Intenté seguir mis pasos hasta mi casa, pero era de noche y no veía bien por dónde iba.

Localicé mi puerta y llegué a trompicones, me tropecé con los escalones como si no supiera que estaban ahí.

—¡Abre! Soy yo. —Toqué el timbre, pero nadie me abría. La casa estaba en absoluto silencio. No tenía ningún sentido, se suponía que alguien de mi familia debía de estar ahí a esas horas, casi seguro.

Miré alrededor para ver si podía ver alguna luz encendida y de repente vi a James entrar con su perro a la casa de al lado... Eso significaba que me había confundido de casa porque la mía estaba mucho más abajo. ¡Ay, madre! Estaba a punto de quedar como una completa idiota, alguien que no es capaz siquiera de reconocer su propia casa.

Intenté pensar rápido dónde podía esconderme para que no me viera mientras él buscaba las llaves. Y de pronto lo peor que me podía pasar en ese preciso momento sucedió: el hombre de la casa a la que estaba prácticamente aporreando fue y me abrió la puerta, y ya era muy tarde para salir corriendo.

—Tú no eres Melissa —dijo confundido el pobre hombre mayor.

—Nop, soy Jessi. —Qué mal se me daba disimular, sobre todo sabiendo que James se había parado y nos estaba observando.

—Ah... Bueno... Adelante, Jessi, pasa. —Me daba mucha pena el hombre, estaba claro que era demasiado mayor y tenía la cabeza en otro sitio.

—No pasa nada, yo... Mmm... Me voy a dar una vuelta, vengo mañana —dije intentando escapar de aquella encerrona en la que me estaba metiendo yo sola.

—Está bien... Por cierto, no me has dicho cómo te llamas. —El hombre, amabilísimo, me estaba haciendo señas para que pasara al interior de la casa.

—No pasa nada, no me verá más. Adiós, ha sido un placer. —Me fui antes de que pudiera seguir hablando. Noté cómo James se daba la vuelta y me seguía, así que empecé a andar más rápido. Quizá no me había visto, quizá solo estaba caminando en mi dirección para tirar la basura al contenedor o qué sé yo. Sí, por favor, que fuera eso, por favor.

—No sigas caminando, Jessi —pronunció mi nombre como lo hacían los policías cuando te habían pillado con las manos en la masa. No le hice caso y seguí caminando deprisa, iba calle abajo de camino a mi casa.

—Muy mal por tu parte molestar al pobre señor Arthur. Tiene alzhéimer, Jesssiii, no sabe a quién abre la puerta, podrías haber sido una ladrona malvada. —No me hacía falta verle la cara para notar que se estaba riendo.

—¿Quieres dejar de llamarme así? —La rabia me hacía pisar cada vez más fuerte, ojalá pudiera pisarle la cara.

—Tienes razón, «chica rara» me gustaba más, no sé por qué dejé de usarlo.

—Me llamo Jessica —dije controlándome para no volverme hacia él con mucha rabia acumulada.

—¿Ves? Te dije que tarde o temprano descubriría tu nombre... —Me giré para verle la cara. No sé si es que el frío y la hora me estaban afectando al cerebro pero... si te fijabas bien era algo así como un poco guapo, solo un poco...

—Bueno, pues enhorabuena, psicópata, ya sabes mi nombre. Mañana me iré de vuelta a mi casa y entonces solo habrá que esperar a que pasen tres días y te olvidarás de mí —se rio por lo bajo poniendo una sonrisa pícara que estaba impulsando a mis piernas a correr.

—No creo que sea capaz de olvidarme de este rostro tan hermoso nunca... —dijo en un susurro que me estremeció, pude notar su aliento en mi piel, sus dedos rozándome la cara... y me estaban dando ganas de matarme ahí mismo. Dios, ¿por qué tenía que ser tan inaguantable y prepotente? Apostaría a que no le soportaba ni su madre.

Me acerqué a él tanto que nuestras frentes estaban chocando.

—Te juro que como vuelvas a ponerme un dedo encima te estrello la cabeza contra el suelo hasta que te desangres —se lo dije con tanta rabia que la voz me salió en un susurro enfurecido.

—Si me sigues agarrando así de la camiseta y me lo dices con esa voz, en vez de asustarme me excito —se rio.

—Piérdete de mi vista —le solté y seguí caminando calle abajo.

CAPÍTULO 6

JACQUELINE

Era una parte de mí de la que me avergonzaba tanto que no quería darme cuenta, no quería admitirlo, y Zoe, esa maldita niñata que se cree muy heroína, me escupió la realidad en la cara demasiado pronto... Ojalá le hubiera pegado a ella también... aunque no serviría de nada. Nada de lo que hago puede cambiar lo que soy y lo que siento, al contrario, lo empeora.

Todavía me acuerdo del miedo que pasé cuando llegué a mi casa, como si mi madre pudiera descubrir lo que había pasado solo con mirarme, ahora que la verdad estaba dicha tenía miedo de que lo averiguara, apenas la miré a la cara cuando llegué a casa... También recé para que tuviera alcohol en casa y no me regañara y se diera cuenta de que no le había llevado ninguna botella. Ese era nuestro trato: ella me dejaba salir si yo le traía una botella de vodka. Siempre había aparentado más edad de la que tenía, y más cuando salía de una fiesta, que estaba superarreglada y maquillada, así que nunca me pedían la documentación para comprar alcohol, daban por hecho que era mayor de edad. Pero ese día se me olvidó, cuando Zoe sacó la verdad de que era lesbiana me dolió tanto que me fui a mi casa llorando. Gracias a Dios, mi madre se quedó dormida en el sofá con la botella colgándole de la mano. Todavía me acuerdo del miedo que pasé aquella noche... Por la mañana me levanté temprano para ir a comprarle una nueva. Todos esos años intenté convencerme de que me gustaban los hombres, por eso tenía fama de estar con uno diferente cada día, intentaba encontrar a alguien que me hiciera sentir algo; por eso también dejaba que me toquetearan todo lo que quisieran... Los hombres no me tenían respeto, por eso siempre era tan cruel con todo el mundo, querían que me respetasen. Pero yo era la primera que no lo hacía, no me respetaba a mí misma y no respetaba a Marina; me pasé con ella muchas veces, la maltraté, me aproveché y abusé. La verdad es que, por mucho que intentara obligarme, a mí me gustan las mujeres y me odio por eso. Me odié todos esos años y, ahora que presiento que la verdad se va a sacar a la luz, me odio todavía más. ¿Por qué no me pueden gustar los hombres? ¿Por qué no puedo ser normal? Sé que mi madre jamás lo aceptaría, ni ella ni nadie del instituto. Empezarían a faltarme el respeto y se meterían conmigo, aunque en realidad es lo que me merezco por ser así.

Ahora no podía verle la cara a Marina. Desde que Jessica y Zoe se fueron, el grupo se distanció y solo la veía en clase, pues los recreos los pasaba con Matthias y Maddie. Pero la verdad es que hablaban más entre ellos dos. Yo tenía la cabeza en otra parte... En problemas de verdad, no en chorradas de críos.

—¿A que sí, Jack? —Maddie se estaba riendo de algo que estaba hablando con Matthias. Estábamos en las gradas enfrente del campo de fútbol, como siempre—. ¿Jack?

Yo tenía la mirada perdida a lo lejos y de repente vi a Marina pasar por delante de nosotros. Nuestras miradas se cruzaron y, aunque fue algo fugaz, tuve la sensación de que duró toda una eternidad. O al menos así me lo pareció a mí. Por primera vez en mi vida, por primera puta vez, siento algo por alguien. Siento pena por ella, mucha pena. Me pasé de la raya con Marina y eso demuestra lo mierda de persona que soy. Me creía muy valiente por hacerle daño, pero herirla no solo me ha hecho odiarme por el hecho de hacerlo, sino también por lo que soy. Y me ha hecho darme cuenta de que todo ese tiempo me metí con ella porque no era capaz de admitir que me gustaba, y sobre todo, porque no quiero que me guste...

—¿Jacqueline? —Esta vez Maddie me estaba llamando a mí.

—¿¿¿Quééé??? —pregunté furiosa. ¿A esos qué les pasaba, les gustaba cabrearme o qué? ¿Es que no podían dejarme tranquila?

—Tía, esta semana estás superantipática. ¿Qué te pasa? —Maddie se había dado cuenta de que algo me rondaba por la cabeza.

—Nunca he sido un dulce. —Me levanté y me fui de allí mientras los dos me seguían con la mirada extrañados.

Maddie me paró.

—Sé que nunca te ha gustado mucho la comunicación, y menos si son problemas tuyos, pero creo que te vendría bien salir un poco... Debes de echarlo de menos, antes salías todos los días —rio, forzada. Estaba claro que no sabía cómo entrarme.

—Está bien —suspiré, quizá no era tan mala idea aquello, aunque por las razones contrarias a las que ellos pensaban—. ¿Adónde quieres que vaya?

Total, una salida no iba a afectar a mi vida.

—Vamos a ir este finde a casa de Marc Ron, sus padres no están —añadió Jack.

—¿Quién va? —pregunté. Y me puse a pensar: «Por favor, que no diga Marina, por favor».

Maddie se puso a contar con los dedos, pensativa:

—Matthias, Oscar, Teresa Liz, Marc Ron, Rebecca Shandy, Leo Blanc y Marina.

«Mierda, va Marina, la única persona a la que no quiero ni ver y llevo una semana evitando. Si acepto tendré que estar el finde con ella en una casa supergrande.»

—No, gracias —dije rápidamente.

Maddie puso cara de no estar creyendo lo que oía.

—Tía, ¿qué dices? Es una pasada, van todos los de último año, los únicos de primero somos nosotras, Marina, Matthias y Dani.

—¿Dani? ¿Quién coño es Dani? —Dios, me dolía la cabeza de ver tanto entusiasmo por una juntera.

—Ah, el primo de Oscar. Se puso muy pesado diciendo que le invitáramos y tal. Tía, está en nuestro curso en la clase de al lado. También solía ser amigo de Marina, ya sabes... Antes de que llegara Zoe y se pegara a ella como una lapa —añadió.

Maldita Zoe, escuchar su nombre hacía que me hirviera la sangre: nada más llegar ya se metió en nuestras vidas y, cuando ya lo alteró todo, se largó bien lejos.

—Tía, déjalo, de verdad, no quiero ir —insistí de nuevo, estaba empezando a ponerme nerviosa.

—Tía, da igual, si de todas formas Dani va a estar de relleno... —Maddie no dejaba de insistir.

—No, no es por ese tal Dani que ni conozco —me estaba estresando.

—¿Entonces?

Se hizo un silencio, yo no sabía qué contestar. Maddie creyó que estaba entendiendo por qué no contestaba.

—Es porque no están ni Jessica ni Cody, ¿verdad? —dijo. En su cara se notaba que creía que había dado con la clave.

—Es porque está Marina —dije, por fin, y sentí que por fin podía respirar, me estaba poniendo de los nervios.

La cara de Maddie cambió, seguía pensando que me entendía.

—Tía... Pero no le podemos hacer nada, ya sé que nunca llegaste a llevarte del todo bien con ella a pesar de estar en nuestro grupo, pero tú solo no la mires y ya está —y mientras lo decía hizo un gesto con la mano como quien se quita de encima una mosca pesada. «No es tan fácil, Maddie, no puedo "deshacerme" de Marina».

Como si fuera tan fácil... Ahora cada vez que intentaba no mirarla, me concentraba en no hacerlo y lo único en lo que pensaba era en eso y al final la terminaba mirando.

—Está bien —dije, agotada. Y me di la vuelta para irme. Esta vez Maddie no hizo ningún gesto para pararme.

—¡¡A las ocho en punto!! ¡No te olvides! —me chilló.

Me fui de camino a casa con un sentimiento que me quitaba el oxígeno; de repente, la cuesta de todos los días la veía mucho más empinada y la atmósfera más densa de lo normal. Sentía que me mareaba, tenía una mezcla entre ansiedad y miedo que me atravesaba el pecho hasta la espalda; por mucho que suspirara, no podía ignorar el sentimiento de asfixia que me embargaba.

De pronto se hizo tan presente que tuve que parar y apoyarme en una pared para llorar. No podía aguantar más, tenía demasiado estrés, demasiada preocupación. Me limpié las lágrimas como si nada y seguí caminando. No quería que mi madre me viera la cara roja de llorar, que después me insultaría diciendo que era una llorica inmadura.

—¡Por fin llegas! No hay nada en la nevera. Ve y compra algo. —Ya estaba acostumbrada a escuchar esa frase desde que era lo suficientemente mayor como para no tener una niñera y encargarme yo de la casa y de mis hermanos pequeños. Cogí la puerta y me fui sin mediar palabra.

CAPÍTULO 7

CODY

Después de haber ganado el partido en Carolina del Norte y haberme recorrido toda la costa este, habíamos quedado en primer lugar de la liga. Todo el equipo estaba eufórico. Sabía que sin mí no habrían podido hacerlo; al fin y al cabo, yo era una de las piezas clave, uno de los caballos ganadores. Pero esa victoria no me había sabido tan bien como las demás. Esa victoria no había podido compartirla con alguien que me mirara desde las gradas.

Ahora volvía a California, pero esa vez solo jugaba allí partidos amistosos que me servían de entrenamiento para el siguiente campeonato, jugaba por todas las ciudades del sur: Ventura, Los Ángeles, San Bernardino, Riverside, San Diego e Imperial. Cuando nos tocó jugar en Los Ángeles, aproveché y fui a visitar a mi padre. Solamente a él, aunque todos supieran que estaba allí, no quería ver a nadie.

En esos momentos iba de camino al condado de Orange, ya que mi equipo insistió en ir a jugar con los Panthers. Sabía que iba a ir mucha gente a ese partido. Iba a ser una de esas situaciones llenas de gritos de euforia y cánticos, una de esas ocasiones en que la masa se transforma en un solo individuo alegre y desaforado y gritón. Una energía que te empuja y te hace hacer cosas que solo no podrías hacer ni en millones de años. Un momento de emoción máxima pero también de máxima presión. Eso no me resultaba difícil, estaba acostumbrado a que todas las miradas estuvieran en mí. Me resultaba más difícil saber que habría otra mirada más en las gradas, una mirada que hacía tiempo que no sentía sobre mi piel.

Me puse los auriculares y miré a través de la ventana. Quería alejarme de aquella situación y también alejarme de aquellos pensamientos que no me llevaban a ninguna parte. De repente, una sensación húmeda se apoderó de mi pelo, como si un pájaro acabara de mearme en la cabeza bien fuerte. Pero no podía ser un pájaro, porque estábamos a cubierto, dentro del autocar. Y claro que no lo era. Me giré inmediatamente y oí las risas cómo iban creciendo. Era uno de mis colegas, Sam. Estaban lanzándose las botellas de agua de un lado a otro del pasillo, y una de ellas había ido a parar a mi cabeza y me había puesto perdido. Genial, aún tenía por delante una hora de viaje en autocar y, encima, empapado de la cabeza a los pies. Me dieron ganas de cogerle de las solapas y levantarle por los aires, pero algo muy distinto me salió de dentro, una risa floja que empezó pequeña pero se fue convirtiendo en carcajada. Acabamos todos riendo. Yo debía de tener una pinta desastrosa, pero a esas alturas no me importaba. Al fin y al cabo aún quedaba una hora de viaje y, por mucho que estuviera empapado, tenía tiempo suficiente para secarme.

Así que hice lo que hago en estos largos viajes: me puse finalmente los auriculares y le di al Play a mi lista de reproducción preferida. Y la hora que quedaba la pasé intentando alejar el mismo pensamiento que me venía una y otra vez, una hora pensando en si estaría allí... Quería verla y esa era mi oportunidad. Desde que se fue Zoe, me había costado concentrarme en todos los partidos, intentaba mantener la mente en blanco aunque eso supusiera un verdadero reto para mí.

Me mataba no haberme podido despedir de ella. Tenía la maldita imagen grabada en la cabeza, no se me iba... La forma en la que el padre me pidió que no le escribiera ni la llamara por teléfono el mismo día que llegué a su casa antes de que se fuera... La forma en la que me dijo que desapareciera de su vida. Cómo le hervían los ojos cuando me dijo que uno de los motivos por los cuales Zoe se iba era para alejarse de mí.

Tonto de mí por haberle hecho caso. No sé por qué lo hice. Quizá por miedo. Yo no le tengo miedo a nadie... y menos a alguien como él. Pero le hice caso porque sé que, si hubiera discutido con él, habría sido peor y la habría mandado todavía más lejos.

Pero ahora tenía una oportunidad de verla y no iba a dejar que nadie se metiera en medio. Sabía lo que tenía que hacer: si quería que ella estuviera allí o, al menos, verla otro día, tenía que avisarla de que iba a estar, no iba a arriesgarme a que precisamente ese día estuviera fuera...

Estuve pensando... Tenía tantas ganas de escribirle, de verla... pero no sabía qué ponerle. Llevaba tanto tiempo sin hablarle que no sabía cómo empezar... ¿Qué debía escribirle cuando llevaba más de dos semanas sin contactar con ella ni decirle un simple «hola»? Seguro que ya habría pensado que me había olvidado de ella... Si le ponía «¿Qué tal va todo?» se iba a rayar...

Un golpe en el hombro me sacó de mis pensamientos:

—Hey, tío, llevas media hora viendo la pantalla en negro, ¿estás bien? —me dijo Sam, uno de mis compañeros del equipo.

—Sí... —dije, intentando encontrar una excusa rápida—. Es solo que estoy nervioso por el partido.

—¿Nervioso? ¿La estrella del equipo? ¿Después de haber ganado la liga? Tío, vamos a jugar por diversión con un equipo que no nos llega ni a la suela de los zapatos. Cuéntate otra —dijo dejando muy claro que no le convencía.

—¿Es por una chica? —preguntó Anthony desde la otra fila, con la boca llena de patatas.

No respondí.

—Tíooo, ¿cuántas veces hemos hablado de no tener novia...? Rollos sí, a todos nos gustan los rollos. Pero nada serio que, si no, nos pasa esto y no hay quien se concentre en los partidos —me riñó Sam, como si fuera el entrenador. De hecho, esas eran precisamente las palabras que siempre nos decía el entrenador.

—Sí, sí, tranqui, no tengo nada serio —mentí, a pesar de que no era cierto. Ya no podía engañarme a mí mismo.

Lo que yo sentía por Zoe no era ninguna broma, era serio serio.

Al final decidí escribirle un mensaje corto y rápido:

Zoe, ¿qué tal? Cuando puedas, llámame.

CAPÍTULO 8

ZOE

Después de lo ocurrido con Zack, intentaba esquivarle constantemente, no le conté nada a mis amigas, me lo guardé para mí. Y no fue fácil, porque Zack estaba por todas partes. Y cuando no estaba cerca, salía en la conversación. Siempre que Carol sacaba el tema de lo mucho que le gustaba Zack y de lo que deseaba que empezaran a salir, yo le quitaba importancia. Incluso empecé a decirle que quizá a Zack le gustaban los hombres, quería que ella se olvidara de él para que no pudiera hacerle daño. Ese chico no estaba bien de la cabeza.

—Tía, ¿me ayudas con la pregunta cinco? —me preguntó Theodora en voz baja rompiendo el silencio de la clase de matemáticas. Era una de las más pesadas y, gracias a Dios, era la última clase del día.

—Eh... Sí, te da treinta. —Puede que estuviera haciendo

los ejercicios bien o mal, la verdad, no estaba segura, ya que mi cabeza estaba en otra parte muy lejana del mundo real.

—Bueno, chicos, se acabaron los veinte minutos que os di —anunció el profesor—. ¿Quién quiere salir a la pizarra a corregir? —preguntó en voz alta mientras buscaba una tiza en su cajón.

Todos nos quedamos callados. La única que levantó la mano fue Carol. Pero Carol siempre la levanta, así que generalmente los profesores la perciben como un elemento más del paisaje de la clase.

—¿Nadie? Luego no os gusta que elija al azar, pero no me lo ponéis fácil. A ver, estoy siendo bueno... Os doy otra oportunidad. —Nos miró de nuevo a ver si alguien se ofrecía.

—¡Yo! ¡Yo, profe! —exclamó emocionada Carol como una niña de primaria. Pero tampoco funcionó esa vez.

—Bueno, pues el primer ejercicio lo hará... Zoe.

¡Dios! ¿Por qué? ¿Por qué a mí? Ni siquiera le estaba mirando a la cara. Odiaba salir a la pizarra, me ponía muy nerviosa y casi siempre se me caía la tiza al suelo y se me rompía por la mitad.

—Después, si quieres, saldrás a hacer el segundo, Carol —dijo el profe, reconociendo por fin que Carol existía. Acto seguido, se sentó en la silla de su escritorio al lado de la pizarra y me observó con atención.

Me levanté de mi pupitre intentando ganar todo el tiempo posible: cuanto más tardara en llegar a la pizarra, más tiempo tendría para intentar resolver en mi mente aquel problema y no hacer el ridículo más espantoso una vez que tuviera la tiza en la mano. Pero no me dio tiempo ni a coger la tiza cuando un milagro me salvó de aquella clase.

Por megafonía empezó a oírse el típico ruido estático seguido de la pequeña sintonía de cuando van a hacer un anuncio.

—Atención, por favor. Que los estudiantes de tercer año se dirijan al pabellón, por favor, habrá una asamblea, gracias.

La voz de la directora sonó metálica por los altavoces e inmediatamente todos se levantaron dejando sus cosas en lo alto de los pupitres.

—Bueno, chicos, pues en la siguiente clase lo corregimos —dijo el profesor quitándome la tiza de la mano.

Toda la clase empezó a recoger sus cosas y a salir lo más ordenadamente que pudo por la puerta. Se oían murmullos por todas partes, todo el mundo se preguntaba de qué podía tratarse aquello.

—¿De qué crees que será la asamblea? —me preguntó Theodora entre el murmullo de la gente.

—No tengo ni... —empecé a decir.

—¡Chicas, esperadme! —dijo Carol corriendo para alcanzarnos. Se estaba quedando atrás, como siempre.

—No lo sé, lo único que agradezco es que me ha salvado de salir a la pizarra, hacerlo todo mal y que se rían de mí.

Nos sentamos en las gradas como mandaba el protocolo del colegio, por orden alfabético de apellidos. Yo quedaba justo en medio, lejos de mis amigas, que estaban en la esquina.

En medio del pabellón, justo en mitad de la pista, como si de un escenario se tratara y ellas fueran las actrices principales, estaban la directora y la cocinera. Nadie más. Era la cocinera que me encontré el otro día justo cuando Zack salió corriendo después de casi forzarme, la reconocí enseguida.

La directora empezó a hablar a través del micro que tenía en la mano. Tenía una cara seria, más seria de lo que era en ella habitual, que ya era mucho.

—Buenos días, seguro os preguntaréis por qué os he interrumpido la clase que estabais teniendo ahora. Sabéis que nos tomamos muy en serio no alterar para nada el ritmo de la escuela. Pues bien, esto es un tema serio que en principio se trata solamente de un estudiante en particular. Pero considero que todos deberíais saberlo, ya que es un verdadero problema y si se vuelve a repetir habrá expulsión.

Hizo una pausa y todos empezaron a rumorear, yo no tenía a nadie de confianza a mi lado para hacer lo mismo...

—Silencio, por favor —pidió la directora. Y de repente sacó de su bolsillo un paquetito que me sonaba bastante... Era un plástico muy pequeño con algo dentro que no podía ver muy bien... No sabía lo que era, pero de inmediato supe de quién era... De Zack.

Sabía que era de él. Era el paquete que la cocinera me quitó de las manos cuando estaba a punto de cogerlo del suelo en el momento en que le acababa de caer del bolsillo a Zack.

Aguanté la respiración sorprendida. Intenté buscar a Zack con la mirada, pero no le veía. ¿Era posible que no estuviera allí? La directora había dicho que se trataba de un único alumno... ¿Le habrían pillado?

—Seguramente ahora os estaréis preguntando qué es esto que tengo en la mano —dijo agitándolo en el aire.

Yo seguía aguantando la respiración, nunca en mi vida

había prestado tanta atención a algo. Me estaba dando verdadera ansiedad saber qué guardaba Zack dentro de aquel sobre.

—Esto que tengo en mis manos es droga; para ser específica, marihuana —dijo por fin la directora.

Y fue como si todo el pabellón dejara de aguantar la respiración: un murmullo creciente empezó a oírse. Todo el mundo estaba comentando con el compañero aquel descubrimiento. Todos menos yo.

Yo estaba alucinada. No me lo podía creer... y, por lo visto, nadie podía, todos empezaron a murmurar cada vez más fuerte. No sabía qué esperarme, pero eso sí que no... Aunque, la verdad, quedé poco impresionada después de saber cómo era en realidad. Me cuadraba con el personaje.

—Quiero que sea la última vez que esto ocurra, porque, si no, acabaréis como este estudiante. Expulsados.

Así que esa era la razón por la que no estaba Zack en las gradas. No solo lo habían pillado, sino que le habían expulsado. Lo cierto es que sentí una sensación de alivio absoluta al saber que, al menos, no tendría que verle la cara ni evitarle por los pasillos durante un par de semanas.

La asamblea se disolvió y fui a reunirme con mis amigas, que ya estaban comentando lo sucedido.

—Tía, pero vamos a ver, ¿de dónde te has sacado que es Zack? —preguntó confusa y cabreada Theodora después de media hora hablando de lo mismo.

—¡Te lo he repetido como cien veces, Dios! —le grité. Al momento me arrepentí de haberlo hecho y, sobre todo, de habérselo contado.

—Esto no puede ser verdad... Él no es así... —Carol se estaba limpiando las lágrimas, intentaba reconciliarse con la idea de que el chico que le gustaba estuviera involucrado en algo así.

—Pero, chica, no te pongas así, que no es tu novio, ni siquiera tu amigo. Solo un amor platónico que no conoces —le dijo muy serena Barbara entrando en la conversación por primera vez.

Barbara era una chica realmente curiosa. Iba con nosotras, pero no siempre, supongo que solo cuando le apetecía. Y nunca entraba en nuestras conversaciones, nos escuchaba, sí, estaba allí, pero en realidad ella iba a su bola. Eso sí, cuando hablaba decía las mayores verdades del mundo.

Habíamos llegado ya a la habitación y Carol seguía con su drama. La verdad es que me estaba poniendo de los nervios pensar que podía estar tan engañada respecto a cómo era en realidad la persona de la que se había enamorado. A veces nos dejamos llevar tanto por lo que queremos que el otro sea que no vemos cómo es en realidad ni aunque nos lo planten delante de las narices.

—Yo pensaba que era diferente a los demás —soltó un sollozo sonoro Carol y Barbara puso los ojos en blanco con cara de «me voy a aislar mentalmente otra vez».

—Ya está bien, la que debería estar llorando soy yo... —reflexioné en voz alta y me salió la voz mucho más ahogada de lo que me habría gustado.

—¿Por qué? —preguntó Theodora mientras Carol seguía llorando.

—Porque dentro de diez minutos tengo clase de ballet con él —dije mirando la hora en mi móvil—. Mirad, esto no se lo he contado a nadie —dije bajando el tono de voz y sentándome en el borde de mi cama enfrente de Theodora y Carol. En cuanto dije eso Barbara soltó el móvil y puso sus cinco sentidos en lo que iba a decir. Ahora sí que estaba interesada.

—Zack casi intentó... Me forzó... —En cuanto pronuncié aquellas palabras note cómo un calor desagradable inundaba mi cuerpo y el corazón empezó a latirme sin control. Todas exclamaron y se quedaron con la boca abierta, incluso Carol dejó de llorar.

—Tía..., ¿a qué te refieres exactamente?... Tipo... ¿qué pasó? —preguntó Theodora nerviosa.

—Sí, eso... ¿Te...? Ya sabes... —preguntó Barbara muy seria.

—No llegó a hacerme nada, tranquilas, solo me amenazó diciendo que tenía un vídeo mío... —me callé porque noté que se me estaba haciendo un nudo en la garganta. Decirlo en voz alta me hacía revivirlo y era peor de lo que me había querido confesar a mí misma.

—¿Qué vídeo? —preguntó Theodora.

—Mmm... Da igual, uno —dije quitándole importancia, pero cada vez que pensaba en ello me entraban ganas de vomitar.

—Tía, no, no da igual. Somos tus amigas y estamos aquí para ayudarte, así que venga, cuenta —insistió Carol.

—No puedes dejar que ese capullo se salga con la suya —dijo Barbara, muy clara.

—Me grabó desvistiéndome mientras me cambiaba en la sala de baile —dije por fin. Pude ver cómo se recolocaba la expresión en sus caras, estaban alucinando.

—¿Qué? ¡No me puedo creer que haya hecho eso! —exclamó Theodora pasmada.

Carol había dejado de llorar por completo, pero se le estaba acelerando la respiración por momentos, estaba totalmente asombrada intentando asimilar lo que estaba sucediendo.

—Tía, y ¿por qué no te metiste en los vestuarios? —me regañó Theodora.

—Eso da igual, él no debería haberla grabado —añadió Barbara con su aplastante lógica.

—¡Porque pensaba que estaba sola! —suspiré pasándome la mano por la cara—. Pero eso es lo de menos, no creo ni que tenga un vídeo —intenté quitarle hierro al tema porque yo misma no quería creer que en realidad pudiera tener algo con lo que hacerme daño.

Se miraron las unas a las otras y pude ver lo que pensaban, todas estaban seguras de que sí lo tenía.

—Lo peor es que no me va a dejar en paz —continué—, me va a hacer la vida imposible y FUE él el de la droga, chicas.

—No puedo creerlo... No puedo creerte. —Carol seguía sin poder asimilar lo que estaba pasando, se le estaba viniendo abajo el castillo en las nubes que ella sola se había construido.

—Era suyo. Ese paquete era claramente suyo. Vi cómo salió corriendo por las escaleras cuando escuchó que venía la cocinera y se le cayó el sobre al suelo. Yo iba a cogerlo, pero no me dio tiempo porque la cocinera me lo quitó —dije, no quería ni pensarlo.

—Tía, pues si ves el lado positivo, menos mal que vino la cocinera porque a saber qué te pudo pasar... —dijo Theodora asustada. Y tenía razón.

—Yo creo que lo mejor sería que dejaras el ballet, es muy peligroso estar con ese chaval si todo lo que has dicho es verdad... —interrumpió Barbara.

Tenía razón, seguramente tenía razón. Alejarme de él era ya la estrategia que yo había tomado. Pero que eso significara alejarme de la única cosa que me daba ganas de vivir últimamente ahora que ya no veía a... no. No iba a dejar que me alejaran también del ballet. Ya había perdido bastantes cosas ese año. Necesitaba algo que me recordara qué era estar viva y sentir pasión.

—Eso ni de coña, no pienso dejar ballet, es lo único que me alegra los días y me da igual que esté él... Como si está Satanás. Nada me va a apartar de bailar —dije, cabreada—. Y con esto dicho, os dejo que, si no, voy a llegar tarde. —Recogí mi mochila donde estaba la ropa de ballet y me levanté en dirección a la puerta.

—Oye —me frenó Theodora cogiéndome fuerte por el brazo. Iba a decir algo pero al ver mi mirada decidida se calló—, espero que te vaya bien la clase... —dijo mirándome compasiva.

Obviamente no lo decía por la clase, lo decía por Zack. Asentí con una sonrisa, me despedí de todas y me fui. De camino a la clase el miedo empezaba a invadirme provocándome un sentimiento de dolor de estómago similar a una mala digestión, pero no podía demostrar ese sentimiento delante de las chicas, nunca quise parecer vulnerable delante del resto. Y tampoco me permito mucho sentirme vulnerable ante mí misma.

CAPÍTULO 9

CODY

Las ciudades se sucedían mientras yo miraba por la ventanilla. Veía pasar las casas, las naves industriales, los coches aparcados. De vez en cuando veía a alguien por la acera, caminando rápido hacia su trabajo o paseando... Todo el mundo a lo suyo, haciendo sus cosas, siguiendo con su vida. No sé si el resto de la gente tiene esa sensación que tengo yo a veces. Cuando miras a la gente por fuera todo parece estar en su sitio. Pero yo no me siento así por dentro. Creía que lo tenía todo controlado, tengo la suerte de saber lo que me gusta y, además, la doble suerte de ser muy bueno en ello. El deporte había sido toda mi vida hasta ese momento y la verdad es que no había dejado espacio a nada más. Tenía amigos, sí, me iba de fiesta con ellos, era popular y me lo pasaba bien. Pero nada me llenaba tanto, nada me hacía sentir tan en sintonía con la vida como cuando estaba en el campo de juego. Eso era todo lo que me llenaba. O, al menos, así había sido hasta entonces.

Por la ventana vi a una pareja adolescente que corrían cogidos de la mano, iban riéndose y el chico le decía algo al oído a la chica. Solo los vi un instante porque con la velocidad del autocar no me dio tiempo a más.

De repente mi teléfono vibró y se paró la música. Lo saqué de mi bolsillo con la esperanza de que fuera una respuesta a mi mensaje. Pero no lo era. Era una notificación de una página de zapatillas que me gustaba, me avisaban de que tenían de nuevo en stock un modelo que me gustaba y que hacía tiempo que perseguía.

Volví a ver el mensaje que le había enviado a Zoe. Nada. Creo que ni siquiera lo había mirado. ¿Se habría rayado? ¿Estaría no contestando adrede? ¿Qué estaría pensando? Supongo que me tocaba esperar para averiguarlo. Pero no pude evitar notar cómo una bocanada de irritación me subía por la garganta, me habría gustado que me contestara, necesitaba hablar con ella y quería encontrarla cuando llegara a su internado. Me daba rabia pensar que ella no estaba pensando en mí, seguramente estaría distrayendo y pasándoselo en grande con sus nuevas amigas en el nuevo lugar. Seguramente incluso ya estaba pensando en algún otro chico.

CAPÍTULO 10

ZOE

—Venga, Zoe, llegas dos minutos tarde, date prisa —me dijo en voz alta la profesora.

Entré a la sala de ensayo casi sin resuello. Aún resonaba en mi cabeza la conversación que acababa de tener con las chicas. Crucé la sala rápidamente y me dispuse a prepararme para la clase.

Sabía que Zack, que ya estaba vestido y calentando haciendo estiramientos, me estaba observando con una sonrisa sucia, pero no le miré.

Me cambié rápido en los vestuarios y salí a la sala. Estuvimos calentando por cinco minutos. Durante esos minutos de calentamiento la profesora siempre nos dejaba que hiciéramos movimiento libre, para ir destensando nuestro cuerpo de la manera que mejor nos pareciera, y lo habitual era que todos nos moviéramos por la sala. Yo a cada momento me ponía en la otra punta de la sala opuesta a Zack, lo más lejos posible, pero por lo visto no sirvió de nada...

La profesora dio dos palmadas e hizo un anuncio para empezar:

—Bueno, chicos, he pensado que con dos coreografías no llegaremos a impresionar a los jueces... Entonces estuve pensando que podríamos hacer una más.

—¿Una más? Pero no nos dará tiempo a aprendérnosla —se quejó una chica con gafas a la que no conocía mucho.

La profesora la miró con una sonrisa que ya dejaba entrever que no la íbamos a convencer de lo contrario.

—Si trabajamos duro y ensayamos horas extras sí —dijo, entre contenta y firme.

Yo ya ensayaba horas extras, siempre me había gustado, así que eso para mí no iba a suponer un problema.

—La coreografía que había pensado será en parejas... Con eso conseguiríamos llamar la atención de los jueces —añadió.

Eso ya sí que iba a suponer un problema para mí... Yo siempre he trabajado mejor sola. Eché un vistazo alrededor, todo el mundo estaba lanzando miradas a aquellos con los que congeniaban para empezar a agruparse.

—Podéis elegir parejas... —dijo finalmente. Y volvió a

dar dos palmadas como para dejarnos claro que debíamos empezar a trabajar en la nueva coreografía inmediatamente.

Justo cuando me di la vuelta para echarle una ojeada a mi alrededor la profesora me llamó:

—Zoe, tú no. Eres demasiado buena para irte con alguien que no es de tu nivel, a ti te quiero en el centro.

Era un cumplido pero algo me decía que lo que venía a continuación no me iba a gustar.

—¿Y quién es de mi nivel? —pregunté intentando apartar ese pensamiento de mi cabeza. A lo mejor la idea de las parejas no estaría tan mal, a lo mejor hacía una nueva amiga.

—Zack y tú haríais una pareja fabulosa, todos se quedarían asombrados. Sin duda él es de tu nivel —dijo la profesora, cruzando los brazos. Y por su actitud me quedó claro que no podía rechistar.

No me lo podía creer... ¿El destino me odiaba o qué? Un escalofrío me recorrió la espalda y tuve miedo de darme la vuelta por si estaba pendiente de nuestra conversación. Tenía que negarme a aquello antes de que él se diera cuenta de lo que estaba pasando. Cada vez que estaba cerca de él o pensaba en él sentía que morirse sería la mejor opción...

—No puedo estar con Zack, señorita, lo siento —dije rápidamente.

—¿Por qué no? Seguro que haréis un buen trabajo juntos. —Me miró como si se tratara de nervios por lo que me estaba echando atrás y sin dejarme responder—. ¡Zack! Ven aquí —le llamó antes de que pudiera decir algo más.

Quería salir corriendo; después, se me pasó por la cabeza lo que dijo Barbara de abandonar el ballet justo cuando le vi viniendo hacia mí.

—¿Qué pasa, maestra? —dijo haciéndose el interesante. Me miró a los ojos, pero yo apartaba la vista y miraba hacia abajo.

—Lo que pasa es que os veo a los dos juntos y ya me estoy imaginando una pedazo de actuación. —Nos observaba con una mirada orgullosa en la cara—. Sois mis dos mejores alumnos, si trabajáis como pareja, lo vais a petar. —Se dio la vuelta y nos dejó allí enfrentados.

—Bueno... Ya lo has escuchado, Ricitos de Oro —dijo Zack dirigiéndose a mí de la peor manera. ¡Dios! Escuchar ese horroroso mote es como abrir un baúl de los recuerdos... Parecía que me estaba leyendo la mente, porque entonces añadió—: Me encanta tu pelo, Zoe, te hace única. —Y alargó la mano como si quisiera tocármelo.

—Me lo alisaré entonces. —Me aparté bruscamente de su lado.

—No lo hagas. —Se acercó y me acarició el pelo despacito, poco a poco también empezó a tocarme la cara.

—No estamos solos, Zack. Aquí no tienes la misma libertad de hacerme lo que te dé la gana. —Le aparté la mano de un manotazo.

—No me importa, igualmente te voy a tocar las veces que yo quiera como yo quiera porque eres mi pareja. Y para bailar e impresionar, los dos cuerpos tienen que ser uno solo. Trataré tu cuerpo como si fuera el mío. Eso es lo que hace una buena pareja.

—De baile —le corregí yo—. Como te pases de la raya, la vamos a tener. —Su simple presencia ya me ponía en tensión. Igualmente, no le tenía miedo, le tenía rabia. No merecía mi miedo, solo merecía a una compañera trabajadora, profesional y decidida. No le iba a dar ni una sola oportunidad más.

—Podríamos también ser una pareja y no de baile —añadió, por si no me había quedado claro.

—Lo siento, pero ya tengo novio; además, ni aunque fueras la última persona en este mundo me iría contigo.

—¿Ah, sí? Y si ya tienes novio, ¿se puede saber por qué no te ha escrito?

—¿Cómo sabes tú eso?

Me miraba con unos ojos maliciosos.

—Veo cómo te vas a su contacto en el móvil una y otra vez todos los días pero nada, ni rastro de él. Es un capullo que ya te ha olvidado; en cambio, yo no. Yo estoy loco por ti, Zoe. —Se me acercó sin ninguna vergüenza de que nos miraran.

—¡Tú sí que eres un capullo! Deja ya de acosarme todos los días y de estar pendiente de todo lo que hago, estás enfermo. —Le empujé.

CAPÍTULO 11

JESSICA

Me despertó un agradable y sabroso aroma a dulce... ¿A tortitas? Venía acompañado de varios ruidos de la cafetera, el microondas, la tostadora, risas y conversaciones. ¿Qué hora era? Abrí los ojos y los tuve que volver a cerrar, el potente rayo de sol que se colaba por la ventana de mi habitación me iba a dejar ciega. Lo cierto es que podría acostumbrarme a días soleados de este tipo, pero la habitación podía beneficiarse de un poco de reformas, la verdad.

Me levanté y me miré en el espejo redondo y pequeño con molduras doradas de mi abuela colgado en la pared. No sé qué era más feo, si el espejo o lo que se reflejaba en él: yo tenía un aspecto tremendo aquella mañana.

Cuando llegué a la cocina todos estaban sentados alrededor de la mesa redonda de madera comiendo tortitas y con una variedad de siropes, dulces y frutas que había encima de ella.

—¡Buenos días, Jess! ¿Quieres desayunar? —preguntó mi tía Monica sirviendo más tortitas a mis hermanos.

Ellos todavía tenían el pijama puesto, pero mi tía ya estaba arreglada con tacones y pintalabios rojo. Miré el reloj de la pared: eran solo las nueve de un sábado por la mañana.

—¿Se puede saber qué bruja de la productividad y energía ha venido a hechizaros?

—Jessi, venga, levanta un poco ese ánimo... Ya verás cómo te lo pasas bien hoy en la carrera de las tortitas —me dijo mi madre extremadamente feliz.

No sé por qué estaba tan contenta esa mañana. Parecía que me estaba hablando en otro idioma o parecía que estaba en un sueño, uno de esos típicos sueños en los que piensas que te has despertado, pero no, todavía sigues soñando porque nada de lo que decían tenía ningún sentido.

—Perdona, ¿he escuchado bien? A lo mejor todavía estoy medio dormida y mi cerebro no funciona en condiciones, pero ¿has dicho «carrera de tortitas»? —No tenía ningún sentido, de verdad que no lo tenía.

—Claro... Del día de las tortitas —dijo mi hermana metiéndose un pedazo enorme en la boca

—¿Que es... hoy? Pero eso... ¿existe? —Me senté en una

silla libre que había en la mesa, al lado de mi abuela y mi hermano, absolutamente alucinada por esa noticia.

—Se celebra siempre el último día antes del ayuno de Cuaresma. Este día consiste en comer alimentos con grasas, ya que durante los siguientes cuarenta días de Cuaresma estarán prohibidos —me informó mi abuela.

—A mí me da igual, yo seguiré comiendo lo que me dé la gana esos cuarenta días... —dije con mal humor.

Mi abuela se rio porque ella era bastante paciente con mi mal humor matutino.

—¿Qué te pasa, hermanita? ¿Tienes la regla? —se burló mi hermano.

—No, imbécil —le gruñí—, y aunque así fuera, ¿qué coño te importa? —Estaba a punto de ponerme a llorar y no sabía por qué ese día estaba así de sensible.

—Oye, jovencita, esa boca —me regañó mi abuelo, al que la paciencia se le agotaba antes.

—¿Qué te pasa, Jess? —me preguntó mi madre con dulzura mientras se sentaba enfrente de mí, justo en el asiento de la tía Monica, que estaba recogiendo los platos y lavándolos.

—Es que no me parece justo que no pueda comer lo que quiera a partir de mañana, sobre todo porque es mi cumpleaños la semana que viene —justo se me quebró la voz al final de la frase y tuve que contenerme las lágrimas.

—¡Ah, así que es eso! —suspiró mi madre, como entendiendo por fin de dónde venía todo mi mal humor.

Mis hermanos sonrieron y se miraron entre ellos.

—Ya lo sé, Jess, no nos hemos olvidado de tu cumpleaños, haremos una excepción. —Me sonrió mi madre mientras me daba medio abrazo.

Me sentí un poco mejor pero el mal humor seguía allí. No sé si era exactamente mal humor, parecía algo un poco más grande que eso. ¡Dios, no! No era solo mi cumpleaños. No era solo que iba a cumplir años alejada de todo y de todos, aislada y sin un solo amigo cerca en un lugar que hasta hace nada era completamente desconocido para mí. No era solo eso, no lo entendían, tenía una pena en el centro de mi pecho que no podía expresar con palabras, sino con lágrimas. Y esa pena, por mucho que me doliera admitirlo, tenía nombre y apellidos. ¿Por qué narices no me había llamado ni una sola vez desde que vine aquí? Ni siquiera me había cogido las llamadas. Porque yo sí que había llamado. Y no una sola vez. O sea, que lo que le gritó a su madre cuando me topé con él en la salida de su casa era verdad... No quería verme nunca más... y ya me podía ir olvidando de una felicitación de cumpleaños de su parte.

—Ya, ya sé que vosotros no... —Miré hacia abajo mientras se me escapaban esas palabras de la boca y ahí fue cuando mi madre se dio cuenta.

—Es por él, ¿verdad?, ¿es por Oscar? —dijo, con un tono triste—. ¿No te ha llamado? —añadió.

—No, ni me coge las llamadas. —Todos se quedaron serios. De repente la alegría de la carrera de tortitas se había esfumado.

—No te merece —dijo Cloe, y aunque parezca de locos, el consejo de una niña de siete años fue el mejor que podía escuchar.

De pronto tocaron al timbre, pero nadie se inmutó. Mi tía Monica, que estaba de pie limpiando y recogiendo cosas, fue a abrir la puerta y fue tal impresión que me lleve que casi me atraganto con la leche.

—¡Buenos días otra vez, anda, ya veo que estás despierta! —comentó alegre James.

¿Qué hacía él aquí? Era como una mosca. No se cansaba nunca.

—¿Se puede saber qué haces aquí? —Me levanté furiosa y avancé en su dirección, no podía estar sentada.

—Vine aquí esta mañana a preguntar por ti, pero estabas dormida —dijo él, obviando mi cara de cabreo absoluto.

—Es verdad, Jess, tu amigo fue muy simpático. —Mi madre le dedicó una sonrisa que me estaba provocando rabia... Quería cerrarle la puerta en las narices y así lo hice.

—¡Jessica! ¡¿Qué haces?! —me regañó mi tía.

—No quiero verle la cara.

—No puedes tratar así a la gente que se interesa por ti, creerán que eres una amargada. Y no vuelvas a cerrar la puerta, ¡es MI casa! —Le abrió la puerta y el muy... James seguía con una sonrisa.

—Está bien, está bien. Sé entender cuándo me dan un portazo en las narices. Si no quieres venir a las carreras de tortitas conmigo no importa, pero a tus hermanos sí que me los llevo, que cuando les propuse la idea esta mañana estaban superilusionados, no como otra.

Dijo esto y mis hermanos, como si los hubiera activado un botón, dieron un salto y se fueron con él. James los cogió de la mano y salió por la puerta, no antes sin susurrarme:

—Amargadaaa.

Después me miró con una cara de gracioso guiñándome el ojo.

Mi tía Monica se rio y mi madre continuó llevándole platos para dejar recogida la cocina. Entonces se dirigió a mí:

—Nosotros también nos vamos a la carrera, así que prefieres quedarte sola entonces, ¿no? —me dijo un poco antipática.

—Valeee, está bien. Iré —dije a regañadientes.

Nos preparamos para la carrera surrealista. Cogimos todos una sartén con una tortita dentro, lo cual me parecía absurdo, no le encontraba ningún sentido. Cuando llegamos a donde estaban James y mis hermanos había un montón de gente. La verdad es que hacía bastante buen tiempo, algo sorprendente, pues normalmente siempre estaba nublado o lloviendo pero ese día había un sol de verano.

—¿Por qué se hace esta estúpida carrera? —le pregunté a James de mal humor. Aunque el sol me hubiera animado un poco, no iba a dejar que pensara que mi cambio de humor tenía nada que ver con él.

—Porque una estúpida mujer estaba demasiado ocupada haciendo unas estúpidas tortitas y no se percató de la estúpida hora que era hasta que oyó las estúpidas campanadas de la estúpida iglesia que llamaban a misa y salió corriendo estúpidamente de casa hacia la iglesia con la estúpida sartén en la mano. Por eso se celebra este estúpido día. ¿Te he resuelto tu estúpida pregunta? —me respondió burlón.

—Eres estúpido —le dije riéndome, solo un poco, no

quería que notara que me hizo gracia porque, si no, no podría continuar con mi victimismo del mal humor.

—Tú me ganas en eso, y a ver si también en esta carrera —dijo riéndose, con una sonrisa diferente a la que estaba acostumbrada, una que era agradable de observar y que me contagió su felicidad.

—¡Oye! ¡¿Cómo has dicho?! —Justo en ese momento la carrera empezó y salió corriendo antes de que pudiera atraparlo, así que salí corriendo detrás de él.

—Jess, tienes que hacer voltear la tortita en el aire mientras corres, que, si no, no vale —me dijo jadeando mientras corría en medio de la multitud.

—No me llames Jess, que estás cogiendo demasiada confianza demasiado pronto —le regañé ignorando lo que me dijo. Yo pasaba de seguir ese juego estúpido, solo quería demostrar que podía ganarle.

—Ah, perdona, chica rara. —Después de unos minutos un hombre me hizo frenar en medio de la carrera, creo que era el guardia de seguridad de ese evento o qué sé yo, pero el tío era intimidante con esos músculos y esa altura.

—Perdone, señorita, pero tiene que hacer girar la tortita, si no, debería abandonar la carrera. —Yo no quería pelea con ese tío; además, estaba perdiendo de vista a James.

—Sí, sí, claro. —Di un paso para correr, pero el gorila me detuvo de la camiseta.

—¿Jessica? ¿Qué pasa? —James, que ya estaba muy por delante de mí, se frenó y vino hacia donde yo me encontraba.

—Este tío, que no me deja avanzar —dije, señalando al de seguridad.

—Tendrás que darle una vuelta a la tortita aquí delante de mis ojos para que yo te vea —dijo con toda la claridad y seriedad del mundo.

¡Dios! Yo no sabía hacer eso, James lo hacía superbién haciéndola girar en el aire y aterrizar de nuevo en la sartén, pero yo no sabía. De todas formas lo hice... porque no había otra forma de que aquel tío me dejara en paz. Y... Dios, ¡qué gran error! Ni le dio tiempo a la tortita a girar, porque calculé mal y le pegué una buena hostia con la sartén en toda la cara al gorila. Ay, madre, eso debió de doler porque hasta sonó el filo de la sartén al chocar contra su nariz.

James me miró con cara de flipando y le dije:

—¡¡¡CORRE!!! —Soltamos las sartenes y empezamos a correr desesperados.

—¡Oye, niña! ¿Adónde vas?! —Me hacía mucha gracia el hecho de que antes me llamara «señorita» y ahora ya no.

James y yo íbamos a la velocidad de la luz esquivando a la gente en el camino y metiéndonos por los huecos. De repente otro hombre de seguridad, seguramente uno de sus compañeros, nos gritó para que paráramos.

—¡Hey! Vosotros dos, deteneos, no podéis correr sin sartén.

—¡Corre, James, corre! —le dije riéndome. James me agarró de la mano y tiró de mí mientras corríamos más rápido.

—¡No dejes que se escapen! —gritó el primer guardia con la nariz llena de sangre.

James y yo no dejábamos de correr y él no soltaba mi mano. Ni yo tampoco le soltaba.

—¡Dios! ¿Has visto lo que le he hecho al pobre hombre? —le dije, jadeando.

—No. ¿El qué? No sé de qué me estás hablando —dijo sarcástico.

Ahora no nos perseguía un guardia, sino dos. James dejó de correr en la dirección correcta, que era para delante, y me guio hacia el lado, hacia las barreras de protección de metal. Se agarró a una de ellas y saltó por encima con una facilidad que por una milésima de segundo se vio sexi, pero solo por una milésima...

—Salta, Jess —me dijo exaltado. Esta vez no le dije nada por haberme llamado Jess.

—No puedo, hay mucha gente empujando y me da miedo. —Me subí a la barrera pero no podía bajar, era muy alta.

—Vamos, Jess, no te va a pasar nada, confía en mí —dijo mirándome a los ojos.

¿Que confíe en él? Casi me echo a reír.

—¡Corre, que vienen! —Me di la vuelta y los vi a unos pocos metros de nosotros.

—¡Ahí están! —De repente me entró el pánico.

—¡¡¡SALTA, JESSICA!!! —Y salté. Salté con el corazón a mil y me salió un grito de miedo cuando me separé de la barrera. James me agarró fuerte. Caí en sus brazos y me agarré muy fuerte a su cuello, más de lo que me gustaría admitir.

—Te tengo. —Me regaló una sonrisa sincera que tuvo efecto muy dentro de mí.

—Puede que sea un capullo, pero no dejaría que te mataras —me dijo, mientras me soltaba de aquella especie de abrazo que había ideado para protegerme.

Le sonreí de vuelta y nos pusimos a correr. James sabía por dónde escabullirse porque conocía el circuito de la carrera y por dónde podíamos ponernos a salvo.

—Ya está, aquí no nos encontrarán.

Nos escondimos detrás de un edificio y yo no podía dejar de reírme: los veía lejos de nosotros intentando buscarnos y al tío con la sangre chorreando dejando un rastro a su paso. Eso solo consiguió provocarme más risa. De pronto me giré y vi a James sonriéndome.

—¿Qué pasa? —le dije.

—Me encanta tu risa, Jessica, no dejes de reírte nunca, por favor —me dijo y mientras lo hacía me miraba a los ojos con mucha claridad, como yo no había visto nunca que me mirara nadie.

No sabía qué decirle, así que le sonreí.

—Es raro que diga esto, pero creo que me estás empezando a caer mejor.

Lo dije porque lo pensaba, pero me arrepentí al momento.

—Ah, entonces ¿ya somos amigos? En realidad acabo de salvarte la vida.

—Tampoco te pases —me reí y él se me acercó fingiendo repetir el abrazo de antes, cuando me había cogido de la barrera.

—¿Cómo has dicho? —Antes de que pudiera siquiera tocarme, ya me estaba riendo a carcajadas de los nervios que me entraban.

James me propuso dar un paseo para enseñarme el pueblo mientras se terminaba la carrera. Dijo que todo el mundo estaría ocupado y lo tendríamos para nosotros solos. Me pareció una buena idea, así que mandé un mensaje a mi madre para avisar de que llegaría un poco más tarde. Estuvimos paseando por algunos rincones bonitos del pueblo, nada muy especial si no te parabas a mirarlo. Ese tipo de rincones donde unas flores crecen más bonitas o hay un banco al que le da la luz de una forma especial, el tipo de lugares que solo alguien que conoce muy bien el pueblo puede hacerte descubrir. Estábamos pasando por un tipo de plaza al aire libre con tiendas, y yo me iba acercando a todos los escaparates. En uno de ellos había una cadenita que me llamó la atención.

—¿Qué te tiene tan intrigada? —dijo James acercándose a mi lado.

—Nada. Mira qué bonito ese colgante. —Era un colgante precioso, muy sencillo, con una cadenita muy fina de oro y una perla colgando de él.

James se quedó muy quieto a mi lado, prestando atención a lo que yo decía, mirando el colgante.

—Ya me imagino que te aburren estas cosas... pero fuiste tú quien quiso llevarme a conocer este sitio. Y no he podido evitar pararme en este escaparate.

—No, de hecho, no me aburre, siempre me ha gustado dar paseos, y hoy el día está precioso para eso. —Se quedó callado un momento y empezó a reírse.

—¿Qué te pasa ahora?

—Nada, pensaba en cómo podría impresionarte porque eso es realmente caro y yo no tengo dinero. Intentaba decidir por qué riñón me darían más dinero, si por el derecho o por el izquierdo.

Los dos nos reímos.

—Si me da tiempo a ahorrar, te lo regalo para tu cumple —dijo luego.

—¡Uy, no James! No podrás, mi cumple es dentro de tres días. —Claramente no se esperaba esa respuesta.

—¡¡¡Tu cumple es dentro de tres días!!! Estarás bromeando, ¿no? —Había puesto cara de verdadero pánico.

—No —me reí. Dios, hacía mucho que no me reía tanto en un día y de esta manera.

—Pues te vas despidiendo de tu regalo entonces, o yo me despido de mi riñón.

—No me importa, yo soy feliz con que te acuerdes. —Era verdad, no quería nada para mi cumpleaños; bueno, algo si... pero eso no me lo podía conseguir nadie. Se me nubló un poco el pensamiento al acordarme de eso.

—Me acordaré, te lo prometo.

De repente se dio cuenta de que mi expresión había cambiado, estaba más seria.

—Perdón... ¿He dicho algo que te ha molestado?

Me lo preguntaba con sinceridad.

—No, no, James, no es eso —dije, intentando quitarle importancia.

—¿Entonces? No quiero insistir. Sé que no me tienes tanta confianza y no te caigo especialmente bien, pero, de momento, no tienes a otra persona que te consuele. —Se encogió de hombros como diciendo: «Chica, esto es lo que hay». Y la verdad es que esa expresión me sacó una leve risita. La verdad es que cada vez empezaba a gustarme más la compañía de James, y era cierto que no tenía a nadie más con quien estar...

—Vamos a tomar un helado —sugirió. Y le agradecí que no siguiera preguntando.

CAPÍTULO 12

ZOE

Era un sábado muy aburrido, eran las nueve de la mañana pero era la única despierta, estaba tumbada en mi cama sin hacer nada... Solo pensando, que era lo único que sabía hacer: en pensar no me ganaba nadie. Ya estaba harta de pensar.

—¡Despiertaaa! —le dije a Carol en voz no demasiado alta pero sí lo suficiente para sacarla de su sueño.

—Zoeee, no son ni las nueve —gruñó con voz dormilona.

—Pues ya está, las nueve. Despierta, venga, ¿hasta cuándo te piensas quedar durmiendo? —le dije, tironeando de la sábana que la cubría.

—¡Theodoraaa!

A ella directamente la meneé de un lado para otro.

—¡Ayy, sí, porfa, hazme un masaje! —la dejé de menear cuando dijo eso, cambié de estrategia.

—¡No! Despierta. —Le tiré de la camiseta hacia arriba, a ver si así lo conseguía.

—Joder, Zoe, porque tú te hayas despertado antes y estés aburrida no significa que nosotras tengamos que levantarnos —gruñó Theodora.

—Ya estás despierta, qué más te da —intenté razonar.

—¡¡Barbara!!

—¿Vas a ir habitación por habitación a despertar a todo el mundo? —protestó Theodora.

—Puede ser —me reí.

—Pues ya de paso avísalos y que se vengan al partido de esta tarde —dijo Barbara, que estaba en el equipo de organización de eventos por alguna razón que no entendía, porque a ella no le gustaban especialmente las multitudes. Creo que tenía algo que ver con que le daba puntos para ir a la universidad que a ella le gustaba.

—¿Qué partido? —pregunté, porque no tenía ni idea de qué hablaban.

—Tía, ¿no te has enterado? El partido de los Panthers con los Warrior Angels —dijo Barbara—. ¿Ese equipo no es de tu zona?

No podía ser verdad, no podía entrarme en la cabeza lo que estaba escuchando.

—¿Cómo? ¿Quién has dicho? —dije asustada, con el corazón disparado.

—Los Pan-thers con los Wa-rri-or Ang-els. ¿Por? —repitió Barbara muy despacio.

No podía creérmelo, el corazón me dolía cuando palpitaba en mi pecho. Me senté lentamente en mi cama y de pronto me eché a llorar como una loca, sabía que luego me arrepentiría porque no me gustaba mostrar mis sentimientos.

No me gustaba que la gente tuviera que prestar atención a cómo me sentía. No quería que se sintieran mal por mí. Por eso no solía dar mucho detalle de las cosas, como cuando les conté lo de Zack, que le quité importancia, no quería que se preocuparan.

Pero es que eso no tenía nada que ver. Estábamos hablando de Cody. Eso era diferente porque Cody es diferente al resto, cuando se trata de Cody me llega justo al centro de mi corazón y no puedo evitarlo.

—Nena, ¿qué te pasa? —Se me acercó Theodora preocupada mientras yo soltaba sollozos. Me estaba mirando todo el mundo, pero no podía hacer más.

—Zoe, Zoe, escucha, respira, coge aire y suéltalo muy suavemente. —Iba siguiendo las instrucciones de Theodora mientras las demás me miraban con cara de perdidas total—.

Vale... ¿Ya estás mejor? —Me puso ambas manos en los hombros mientras me miraba fijamente. Asentí, cogí aire y cuando abrí la boca para hablar se me escapó otro sollozo, esta vez el triple de grande. Sentía que el cielo se me caía encima, me dolía el pecho y la cabeza, y sentía que me mareaba, ya que no había desayunado todavía.

—Por Dios, Zoe, tranquilízate, nena, que parece que te están matando. Pero ¿qué te pasa? —Theodora me sacudió.

Carol y Barbara se miraron y empezaron a cuchichear.

—Es que hay un chico, que juega para los Warrior Angels... —no podía terminar la frase, necesitaba llorar, seguro que tampoco se me entendía muy bien cuando hablaba...

—Sí, ¿y? ¿Qué pasa? ¿Ese chico es tu novio o algo?

—¡Sí! —y cuando solté ese sí fue como si me soltara yo entera. Se me escapó otro sollozo seguido de un llanto desgarrador.

—¡Madre mía, va a despertar a todo el mundo! —comentó Barbara de fondo—. Chica, a ti lo que te hace falta es pasar por varias relaciones y tener muchos rollos al mismo tiempo; ahí es cuando de verdad entenderás a los hombres —dijo Barbara, pero Theodora la calló. No era momento para ese tipo de explicaciones, no estaba leyendo bien la situación.

—No la escuches, Zoe. Sigue hablando —me animó Theodora, que seguía tranquilizándome pasando su mano por mi espalda—. ¿Y qué te pasa con ese chico? ¿Te ha hecho daño?

—No. Es solo que... no sabía que venía... No me avisó. Yo creía que... Desde que llegué no me ha enviado ni un solo mensaje. Yo pensaba que teníamos algo y... Pero desde que estoy aquí ha pasado de mí como de la mierda —dije con la voz más clara.

—Sí... Conozco ese sentimiento —dijo Barbara.

—¿Cómo se llama el chico? —preguntó Theodora.

—Cody —dije en voz baja, y mencionar su nombre me hizo sentirme un poco mejor.

De repente decir su nombre vino con su imagen y cuando me lo imaginé a él aquí, cerca, me puse contenta. Quizá sentía esperanzas de que esa tarde pudiera pasar algo, a lo mejor podría hablar con él.

—Pues ya sabes, cuando estemos en el partido, a animar al equipo contrario —dijo Barbara y todas se rieron. Yo también lo hice, aunque seguía con ese sentimiento de aflicción dentro de mí.

—Oye, no soy una experta en el amor; de hecho, nunca he tenido un novio así, formal, pero..., si tantas ganas tienes de hablar con él, no esperes a que él te hable, háblale tú —dijo Theodora de pasada, sin intención de convencerme.

No sabía si tenía que hacerle caso, aunque en realidad llevaba algo de razón. Casi por inercia cogí el móvil y me fui directamente a su contacto... Todavía no tenía decidido si escribir o no. Pero no pude seguir pensando. Porque al ir a nuestra conversación me quedé de piedra.

—¿Qué pasa? —habló Carol por primera vez.

Estaba en shock, no me podía creer lo que estaba viendo.

—¡¡¡Zoe, Zoe!!! Mírame —me ordenó Theodora—. ¿Qué pasa?

No me salía la voz.

Tenía una notificación de Cody, pero no podía ver el mensaje, me aparecía como «este mensaje ha sido eliminado». Pero aquello no podía ser. Yo en ningún momento supe que Cody me había escrito... No vi nunca ese mensaje. Pero ahí estaba claramente la prueba de que sí me había escrito. Aunque yo nunca lo hubiera visto. Y eso solo podía haber pasado de una forma: alguien tuvo que cogerme el móvil sin yo darme cuenta.

—¿Qué pasa? —preguntó Barbara cuando me quede mirándolas más de lo normal.

—Alguien ha cogido mi móvil, tengo un mensaje suyo

eliminado —dije. Y al decirlo en voz alta entendí que era verdad, que eso era exactamente lo que había pasado.

—Nena, pues ni idea. Si nunca te separas del móvil... —dijo Theodora.

Y era verdad, siempre lo llevaba conmigo. Precisamente porque no perdía la esperanza de que Cody me llamara o me escribiera. Solo lo dejaba cuando iba al baño o me duchaba o me cambiaba, ese tipo de cosas.

—Zoe, creo que deberías dejar de darle vueltas al tema, ya verás como saliendo se te despejará la mente.

Al final acepté e intenté olvidarme aunque siguiera con el pensamiento dando infinitas vueltas en mi cabeza como una noria.

CAPÍTULO 13

JESSICA

El helado estaba delicioso. James me había convencido para que probara el helado de regaliz, que es un sabor que no habría pedido por voluntad propia jamás en la vida, pero estaba resultando superrico. Estaba claro que James me retaba a hacer cosas que no había imaginado hacer.

Se había hecho un silencio incómodo y aunque James había intentado hacer un par de bromas para relajar el ambiente no había resultado. Yo tenía una nube negra que me acompañaba y no se iba a ir tan fácilmente, así que decidí contárselo, no sé por qué, pero decidí contárselo.

—Eh... Bueno, pues... —Dios, no sabía cómo empezar. Es verdad que sentía que James me caía mejor cada día pero... ¿tenía esa confianza para contárselo?

Pero con alguien tenía que compartirlo y no conocía a nadie más. Desde que llegue allí sentía una tortura en medio del pecho. Sucedía cuando me ponía a pensar. Y pensaba en él todos los días desde que me levantaba por la mañana con ese vacío en el corazón hasta cuando me quedaba sola en mi habitación en medio de la noche llorando hasta dormirme, preguntándome qué hice mal. Estaba prácticamente en la otra punta del mundo y había hecho todo lo posible por olvidarme de él, por olvidarme de lo que escuché salir de su boca antes de venirme y en lo que sentí cuando rechazaba mis llamadas cada vez que le llamaba, ya que él no lo hacía, me sentía rota por dentro... y, en cierta parte, cuando estaba con James no pensaba tanto en él, él me ayudaba, así que... a lo mejor sí que podía confiar en James. Me decidí.

—Hay un chico, llamado Oscar... No sé bien cómo contarte esto... No sé cómo pudo pasar, pero me enamoré. Llevábamos mucho siendo amigos, pero los últimos meses fueron diferentes. Empezamos a liarnos y a pasar mucho tiempo juntos. Nos divertíamos. Yo pensaba que él sentía lo mismo; de hecho, juraría que me susurró «te quiero» mientras nos besábamos aquel día que me olvidé la chaqueta en su casa y vino a traérmela. Así que un día se lo dije... Bueno... No se lo dije, lo adivinó y yo confesé —me giré para ver a James, y seguía escuchándome atento mientras terminaba su helado—, pero no solo me dijo que no sentía lo mismo, me gritó a la cara.

Al oír eso James se irguió y su expresión se puso muy seria de repente.

—Y después cuando fui a hablar con su madre a su casa y me vio allí... enfureció. Me miró de una forma que te juro que parecía que me quería matar.

—Es una broma, ¿verdad? —me preguntó James muy serio. No me esperaba para nada esa reacción; de inmediato se me quitaron las ganas de llorar.

—Te juro que intento creerte —continuó—, pero no puedo imaginarte llorando detrás de un tío, Jessica, ni de él ni de nadie.

—Pues ya ves —fue lo único que se me ocurrió decir.

James se levantó.

—La imagen que me diste el primer día cuando te vi era de una chica valiente, fuerte, inalcanzable y un poco graciosa cuando te enfadas —se rio al final—. Ese tío debió de hacerte mucho daño para que cayeras tan bajo por alguien... Te confieso algo: está bien que muestres ese lado sensible tuyo a veces, a los tíos les encantan las tías duras como tú y que con ellos sean sensibles, pero ese tío no se merece nada tuyo, ni una mirada. Puede que sea un capullo, pero ese me gana y con diferencia. Yo jamás te trataría así, Jess —dijo, acercándose a mí.

Ahí estaba. Esa frase que yo tanto odiaba. Era todo tan bonito lo que me había dicho... ¿Por qué tenía que cagarla en la última frase? Todos los tíos eran igual de románticos y luego te dejaban hecha mierda. Parece que esa es la frase favorita, «jamás te trataría así...».

—¿Qué te pasa ahora? —me preguntó, había percibido mi cambio de actitud. Dios, pues sí que era poco disimulada con mis miradas, porque siempre se notaba lo que me pasaba y ni había abierto la boca todavía.

—Es que... ha estado muy bonito todo menos por lo de que nunca me tratarías así.

—Es verdad, no te trataría así jamás. De todas formas, aunque lo hiciera, no creo que fueras a sufrir mucho porque yo tengo esta cara de palo que no te llama la atención —se rio y yo también. Eso me encantaba de James: siempre me hacía reír.

—¿Cuál es su Instagram? —preguntó.

—¿Para qué quieres saberlo? —solté.

—Quiero ver qué cara tiene un tío que se atreve a tratarte así. Y así, si algún día me lo cruzo, me gustará comentarle un par de cosas para quedarme tranquilo.

—Mmm... Oscar_09 —le dije, no sé ni por qué.

Vi como sacaba el móvil y tecleaba el usuario. Se paró en seco y miró su móvil concentrado. Se lo guardó en la chaqueta.

—¿Qué pasa? —pregunté notando los latidos de mi corazón latir en mi garganta—. ¡¿Qué pasa?! —pregunté por segunda vez.

—¿Quién es? —me preguntó sacando el móvil de nuevo y girando la pantalla para que yo pudiera verlo.

Y lo que vi me destrozó.

Vi a Oscar agarrando por la cintura a una chica y mirándose a los ojos: era Rebecca Shandy. ¡No me lo podía creer! Estallé en lágrimas, ¿cómo era posible? Después de cómo me besaba, me acariciaba..., no lo entendía.

James se quedó allí mirándome sin hacer nada, guardó su móvil en el bolsillo y seguía mirándome. Luego hizo un gesto caballeroso, como si fuera a pasarme el brazo por el hombro pero esperara a que yo entendiera la situación y diera yo el paso. Me dejé coger, me deslicé bajo su brazo y entonces él me guio caminando. Estuvimos dando vueltas un rato. Yo seguía llorando y él no preguntaba nada, solo me hacía notar que estaba ahí, me agarraba del hombro y guiaba mis pasos. Seguimos por un caminito estrecho al lado de una tienda de ropa donde había unas escaleras secretas con peldaños cubiertos de musgos y hierba, dejando libre solo el espacio donde la pisada es constante.

Eso me encantaba de Rye: había muchos recovecos y todos cubiertos con naturaleza, pocos coches y la gente podía caminar plácidamente por la calle donde el suelo era de piedrecitas. Seguimos subiendo las escaleras hasta un tramo donde se hacía realmente empinado y James tuvo que soltarme para sujetarme mientras yo subía hasta llegar al tejado de la tienda de ropa, donde nos sentamos. Yo seguía llorando.

—Venga, Jess, no llores, llorar es para perdedores. Nosotros somos peores que eso —me reí un poco.

—Gracias. —Le abracé fuerte, pero él no me devolvió el abrazo de inmediato, esperó un segundo y luego me abrazó.

—¿Por qué no me has abrazado cuando me has visto llorar? —dije recuperándome poco a poco.

—Porque quería que me abrazaras tú primero cuando te sintieras cómoda. —Luego me sonrió y miró hacia el frente—. Desde aquí arriba se puede ver el atardecer.

—Es precioso —dije—. Oye, gracias.

James me miró esperando a que siguiera hablando.

—Gracias por consolarme —acabé.

—Nunca se me dieron muy bien esas cosas —se rio levemente.

—A mí me has ayudado y creo que cualquiera se sentiría cómodo contigo, incluso una chica rara.

—Ya, es que a la gente le suelo caer muy bien, ¿sabes? —dijo irónico y yo me reí.

CAPÍTULO 14

ZOE

A mis amigas se les ocurrió ir a una cafetería muy bonita de la zona a tomar algunos batidos y postres. Al parecer no fuimos las únicas que pensamos igual, ya que varios chicos y chicas del internado estaban allí también. Genial, se suponía que iba a salir para despejarme y dejar de pensar en el asunto de Cody. Pero en aquel maldito internado, fuera a donde fuese, había alguien de clase, en aquel lugar no se podía hacer nada mejor.

La cafetería estaba abarrotada de alumnos y uno de ellos era Zack, que cuando me vio me sonrió y se llevó su bebida a los labios relamiéndose. ¡Qué asco de tío!

—¿Has visto cómo te ha sonreído Zack? —comentó Carol emocionada. Parece que se le olvidó por completo la charla del otro día.

—Sí... Y ojalá no haberlo visto —dije con voz de asco.

Nos pedimos unos postres muy elaborados, aquel lugar era realmente sofisticado, no era de extrañar que fuera todo el mundo. Los dulces eran espectaculares, tanto que me hizo preguntarme qué habíamos hecho para merecer esa maravilla. Carol se pidió unos macarons de tarta de queso y fresa; Barbara, unas barritas de frambuesa con cobertura de avena desmenuzada; Theodora, un sándwich hecho de galletas de jengibre con helado de trozos de chocolate con cereza asada en medio, y yo me pedí unos rollos de canela bañados en sirope. Terminamos suspirando de lo llenas que nos habíamos quedado, me sentía diez kilos más gorda, pero con ganas de repetir. De repetir o de vomitar porque cuando vi quién entró por la puerta me empezó a faltar el aire.

—¿Zoe? —Theodora me miró extrañada y giró su mirada hacia donde yo estaba observando.

Le vi, por primera vez en mucho tiempo, y no sabía que mi cuerpo todavía reaccionaba así de alocado. Mi corazón iba tan rápido que escuchar sus latidos solo conseguía ponerme aún más nerviosa. No iba solo, iba con un montón más de chavales, serían sus compañeros, la verdad es que no me fijé bien, solo le miraba a él.

—Cody, espera, aquí no, tío, es muy pequeño y no hay espacio, no cabremos todos —le dijo uno de sus compañeros agarrándole de la camiseta. Escuchar su nombre hizo que se me saliera un suspiro, y uno bien profundo que, por lo visto, llevaba tiempo reteniendo.

—No puede ser verdad... Es él, ¡es Cody! Es él, ¿verdad? —exclamó Theodora.

—Sí...

No podía dejar de mirarle, estaba guapísimo el muy cabrón, tenía unas ganas de besarle...

—¿Qué coño haces, tía? ¡Mueve el culo! —Theodora me empujó la silla para atrás y me caí... y formé un gran estruendo. Mierda, mierda, mierda... No quería levantarme, estaba muy a gusto protegida detrás de la mesa sabiendo que se había girado para mirar qué había pasado.

—Zoe, ¿te vas a quedar ahí para siempre?

«¡Joder, Barbara, qué gilipollas!». ¿Por qué tendría que haber mencionado mi nombre?

Ahora sí que podía decir que conocía lo que era sentirse humillada... Subí lentamente y no sé qué me dolía más: si las piernas al levantarme o que todo el mundo en la cafetería me estuviera mirando. Que en realidad eran unos cuantos y todos del internado, pero yo solo me fijé en él y en cómo los ojos se le desencajaron al verme.

—Zoe... —dijo medio confundido.

Aquella voz. Dios, no estaba preparada para lo que se venía, pero quería..., rectifico, NECESITABA hablar con él. Decidí acercarme poco a poco a la entrada de la cafetería, que era donde él estaba. Me ponía tan nerviosa cómo me seguía con la mirada que tenía que pensar dos veces cómo caminar porque me estaba olvidando.

—Hola —dije con la voz pequeña.

Su sonrisa me devolvió la vida en el mismo momento en que la vi formarse en la comisura de sus labios.

Nos quedamos los dos un momento callados, creo que ninguno de los dos sabía muy bien qué decirle al otro.

—¿Así que esta era tu novia? ¿A la que escribías en el autocar? —preguntó uno de sus colegas y rompió el silencio.

—Joder, es guapa —dijo el segundo.

Cody les dio un empujón para echarlos de allí y ellos se fueron entre risas cerrando la puerta de la cafetería. Volvimos a quedarnos solos y yo no podía levantar la mirada del suelo.

—Te he echado de menos... —dijo él por fin después de un largo silencio. Pude escuchar de fondo unos cuchicheos.

—Y yo. —Me tragué los nervios que estaban empezando a formarse en mi garganta y levanté la vista para mirarle.

—Pues no se nota después del visto que me dejaste —lo dijo en serio, se notaba que le había dolido pero que se aguantaba el rencor.

Miré hacia atrás y supe que todo el mundo estaba pendiente de nuestra conversación.

—Vente. —Me agarró de la muñeca y me arrastró hacia fuera. Cuando me tocó, mi cuerpo se volvió loco... Ojalá que no me soltara nunca...

Salimos al exterior de la cafetería y nos pusimos en la parte de atrás, lejos del lío que estaban montando sus amigos enfrente.

—Cody, he estado día y noche esperando un mensaje tuyo... y cuando por fin me lo mandas...

—Me ignoras y me dejas en visto... Ya —me cortó.

—Y cuando por fin me lo mandas me quedo con las dudas de saber qué fue lo que me dijiste... Me aparece como mensaje eliminado —le dije.

Me miraba con cara de no entender nada, esa respuesta no era la que se esperaba.

—Alguien me ha cogido el móvil y me ha borrado el mensaje, pero no sé quién es... —continué explicando.

—Ponía «Zoe, llámame». Ya está, para que se te quite la curiosidad —dijo.

—¿Para qué querías que te llamara? —Su seriedad me desconcentraba, no sabía cómo seguir la conversación.

—Para avisarte de que estaba aquí y que en una hora salgo a jugar.

—Cody...

—¿Qué?

—¿Por qué has esperado tanto para hablarme?

Hizo un silencio como si esa respuesta no la tuviera preparada. O como si no tuviera claro si debía decírmelo.

—Tu padre no me dejaba...

—¿Cómo? —De todas las respuestas que estaba dispuesta a escuchar a pesar de que me dolieran, esa era la que menos me esperaba y la que más relajada me dejó.

—Me dijo que tenía terminantemente prohibido hablarte o llamarte, que me alejara de ti y que no volviera a entrar a tu vida —dijo, y por su postura corporal supe que llevaba mucho tiempo aguantándose esa explicación.

—¿Y le vas a hacer caso? —pregunté con tanto miedo que en cualquier momento se me escaparían las lágrimas que tanto llevaba guardando.

—No lo sé, joder. —Se pasó la mano por la cara en un gesto de cansancio—. No sé qué hacer...

—¿Qué quieres hacer tú? —pregunté, cogiéndole la mano.

—Yo quiero que las cosas no sean tan jodidamente difíciles por una vez —dijo, y lo decía con un abatimiento que supe que lo decía muy en serio.

No supe bien cómo reaccionar a aquella respuesta. ¿Cómo era posible que por mucho que hablara me quedara con la misma duda? Seguía sin aclararme nada, eso no aclaraba si quería estar conmigo a pesar de las dificultades. Yo seguía agarrándole la mano.

—¿Y qué significa eso?

—Lo que significa es que deberíamos dejar este tema para más tarde —dijo soltando mi mano—, que tengo que relajarme o, si no, jugaré como la mierda.

—Está bien. —No quise ser pesada, sé cómo de importante es para él el tema. Y yo misma no sabía qué podía ofrecer a esa conversación. Estaba atrapada en aquel internado a cientos de kilómetros de él. Quería morirme en ese momento.

¿Por qué coño mi padre se tiene que meter en mi vida? ¿Y por qué coño Cody no corrió a darme un abrazo y un beso de película de esos que tanto me gustaba imaginarme en mis sueños? Ojalá que, cuando termine el partido, pueda hablar con él y no se me escape otra vez tan rápido... Lo que tengo claro es que no voy a perderme este último partido.

CAPÍTULO 15

CODY

Creo que estoy nervioso. Esto está siendo más difícil de lo que creía. Y no lo entiendo. Somos uno de los mejores equipos de la liga, si no el mejor. Hemos estado entrenando duro toda la temporada y ya hemos dejado lo peor atrás. Este momento debería ser la guinda del pastel, debería ser como el postre que te tomas después de haberte acabado ese plato que no te gusta pero que sabes que es bueno para ti. Esto debería ser el brownie.

Pero no estoy concentrado, estoy torpe, estoy lento. No lo entiendo. Estoy acostumbrado a disfrutar este tipo de presión, a empujar a mi cuerpo hacia el límite de la concentración, a mirar y ver solo al adversario, nada más. Estoy acostumbrado a, como dice nuestro entrenador, «meter la cabeza en el partido». Pero algo me pasa hoy, me noto lento y como si tuviera la atención dividida. Y no soy el único que lo nota.

Ya me he llevado un par de bufidos de mis compañeros y alguna que otra mirada de «Cody, ¿qué demonios te pasa hoy, tío?». Y tienen razón, este no soy yo, o al menos no soy yo del todo. Es como si una parte de mí estuviera presente en el campo, trabajando al doscientos por cien, dándolo todo por mi equipo y mis compañeros como estoy acostumbrado a hacer, como me han entrenado para hacer, como me gusta hacer. Porque si hay una cosa que tengo clara es que el deporte es mi vida, el deporte es todo lo que me permite ser libre. Porque cuando estoy compitiendo todo desaparece, cuando estoy compitiendo solo soy yo y no hay nada más. No hay nada que pueda tocarme, nada que pueda desequilibrarme, nada que pueda llegar hasta mí. Solo yo. Yo y esta máquina que es mi cuerpo y que responde a lo que yo le digo que debe hacer.

O así es como solía ser. Pero hoy algo me pasa y es como si una parte de esa máquina no estuviera del todo conectada, o como si estuviera conectada, pero no estuviera del todo ahí. No consigo concentrarme en el juego, no consigo hacer desaparecer de mi punto de vista todo lo que está alrededor. No dejo de oír al público en las gradas, no dejo de volver mi mirada hacia las gradas, estoy pendiente de esos puntitos difuminados que se mueven ahí arriba, que gritan y corean canciones para animar a su equipo. Normalmente no me dejaría influir por ese ruido, ni siquiera lo vería. Pero hoy es distinto, porque dentro de esos puntitos que no consigo distinguir sé que puede que haya alguien que me esté mirando solo a mí.

Y cuando me doy cuenta me he quedado parado, lo noto porque un codazo me saca de mis pensamientos. Es uno de mis compañeros que acaba de pasar a mi lado corriendo y me ha sacudido para sacarme de mi mundo. No debería haberlo hecho porque no debería tener que hacerlo, yo debería estar pensando en el partido. Y eso es lo que voy a hacer.

Localizo el balón y trazo en mi mente una estrategia para conseguirlo. Hay dos chicos del equipo enemigo lo bastante cerca como para que se den cuenta de lo que estoy pensando, pero están relajados porque no nos jugamos nada. Y creo que puedo intentarlo si consigo ser lo bastante rápido. Así que respiro hondo y cierro los ojos durante medio segundo, intentando atrapar dentro de mis pulmones todo el aire que puedo, para devolver a su hueco designado todos los nervios y tenerlos ahí, quietecitos, que no se muevan, controlados donde pueda verlos.

Pego un esprint fuerte y me escabullo entre ellos, uno apenas reacciona y casi no me ve pasar, pero el otro se da cuenta. Se da cuenta, de hecho, porque la grada ha empezado a vibrar. Desde ahí arriba se perciben mejor los movimientos en el campo y se habrá visto claro que he empezado a esprintar para llegar donde estoy ahora. Los vítores y los cantos de ánimo se han hecho muy fuertes y me pregunto si de entre todas esas voces una de ellas será en la que estoy pensando. Esa voz que yo he oído gritar de rabia pero también he oído susurrar dulcemente mientras me contaba cosas que solo me ha dicho a mí. Esa voz que cuando hablamos antes del partido sonaba extrañamente nerviosa, como si tuviera algo importante que decirme pero no se atreviera a cruzar esa barrera... Joder, debería haberla escuchado, haber sido menos antipático porque igualmente iba a jugar como la mierda, sí o sí...

La pelota ya era mía. Lo había conseguido. El público enloqueció. Me los había saltado a los dos y me estaba alejando. Parecía que las gradas se iban a venir abajo. Eso es algo que me encanta del deporte, estos momentos en que todas las personas se comportan como una sola, una gran masa gritando y sintiendo la euforia a la vez. Me giré hacia la grada para sentirlo. Y entonces la vi. Era ella, estaba allí. Tenía la mejor sonrisa que le hubiera visto nunca, una sonrisa que le nacía desde dentro, que iluminaba el estadio entero. Se habrían podido apagar los focos allí mismo y yo seguiría viéndola a ella, viendo su luz.

De repente, su cara cambió. Se apagó la sonrisa y en su lugar apareció una expresión de preocupación. Y su boca se torció hacia un grito, hacia uno que no oí pero que me llegó como si la tuviera al lado. Y entonces lo noté. Un dolor lacerante en mi pierna. Y caí.

La perdí de vista a ella y a las gradas y al estadio entero. Estaba en el suelo y no podía dejar de retorcerme sobre mi propio dolor.

Ese momento de distracción era el que había aprovechado uno de los rivales que acababa de dejar atrás para llegar hacia mí y hacerme caer. Tirado en el suelo cerré los ojos, no podía pensar en nada más. Era mi rodilla. Y no tenía pinta de ser un dolor de los que se van con un masaje y un analgésico.

CAPÍTULO 16

JACQUELINE

Hoy era el día de la quedada esa a la que Maddie tanto insistió en que fuera. Sabía dónde vivía Marc Ron pero nunca fui a su casa. No quería más drama en mi vida, ya estaba harta, pero no había manera de librarme de él, siempre lo tenía pegado a mi culo, hiciera lo que hiciese siempre terminaba metida en un lío... hasta que me di cuenta de que YO era el drama.

—Tía, ¿dónde estás? ¿Estás ya allí? —le pregunté por teléfono a Maddie mientras salía de mi casa silenciosamente sin formar ningún estruendo.

—Sí, tía, estamos ya todos aquí. No tardes. —Encima de tener que verlos a todos la cara iba a llegar tarde, cosa que era peor porque más atención iba a causar. Ya eran las ocho de la tarde, así que empecé a notar el aire fresco mientras fui corriendo calle abajo lo más deprisa que pude.

Llegué toda sudada y jadeando, así que me tomé unos segundos para respirar mientras me apoyaba en la pared de la entrada de su casa. Dios, no quería tocar el timbre, no quería que me abrieran la puerta, no quería entrar, no quería tener que fingir estar bien y que me lo paso bien y no quería vivir nada de lo que ocurriera esa noche. Muchas veces me gustaría poder tener una máquina del tiempo y revertir el momento. Ojalá le hubiera dicho a Maddie que no iba a ir, prefiero mil veces quedarme en mi asquerosa e incomprendida casa con mi cruel y alcohólica madre que tener que verle la cara a todos los que hay detrás de esta puerta, incluyendo a Marina.

—Uy, Jack. —Maddie se chocó conmigo al abrir la puerta y no esperarme ahí—. Iba a salir a buscarte porque no sabía dónde estabas.

—Acabo de llegar.

—¿Y a qué estás esperando para entrar? Venga, no te quedes ahí —dijo cogiéndome de la mano y llevándome adentro.

Al entrar lo primero que me llamó la atención fue cómo iban todos vestidos. Maddie iba con un vestido negro ajustado, le quedaba genial, y todos los demás más o menos del mismo estilo, muy arreglados en comparación conmigo, que llevaba un chándal. Eso me hizo darme cuenta de las pocas ganas que tenía de estar allí. La casa de Marc Ron te recordaba lo pobre que eras, aunque yo no lo era, pero me hacía sentirme así... con esas lámparas de araña tan lujosas, ese oro, esa inmensa escalera de caracol y ese suelo que brillaba tanto que podías ver tu reflejo.

—Hola, Jack, ¿te puedo llamar Jack? —me preguntó Marc mientras el resto estaban a su rollo.

—Ya lo has hecho —dije sin mucho entusiasmo.

—¿Qué te gusta? —dijo mientras me enseñaba una variedad de botellas encima de la mesa. Me puse enferma, ya veía yo bastantes botellas en mi casa...

—Nada —dije alejándome de la mesa hacia donde estaba mi grupo. Además, no creo yo que fuera una persona que pueda tomarse el gusto de beber, ya la cagaba cuando estaba sobria...

—Está bien —dijo sorprendido—. Más para nosotros entonces.

No conocía a ese tío, pero tampoco quería seguir conociéndole, me estaba sacando de quicio.

—Bueno, ¿qué? Si seguís abriendo botellas no nos terminaremos nunca una —habló Maddie un poco más alto de lo normal... Ya le estaba empezando a hacer efecto el ron.

—¿Para qué quieres que nos terminemos tan deprisa una? La fiesta acaba de empezar —dijo Rebecca animada, demasiado animada. Me acuerdo de ella, vino a la fiesta de Cody acompañada de Oscar; también me acuerdo cuando Dani le salpicó con la bebida en su vestido blanco y se formó un pollo. Escuché que ahora ella y Oscar están saliendo o algo así.

—Ya sabes para qué —rio Maddie juguetona.

—¡Sí, eso, díselo, Maddie, venga! —la animó Matthias igual de contento, aunque no sé si él estaba bebiendo.

—Por Dios, no estaréis pensando en el jueguecito de la botella —intervino Oscar.

—¡Sííí! —rio Maddie como una niña pequeña—. Por Dios, no seáis así, yo sé que todos estáis deseando.

—Bueno, no sé cuál es tu concepto de «todos», pero a mí no me apetece jugar —dije con mala hostia.

—A ver, chicos, más sencillo. Que levante la mano quien quiera jugar —dijo Rebecca tomando el papel de líder. Esa también me sacaba de quicio.

Matthias, Oscar, Marc, Maddie, dos chicos más que no conocía y la propia Rebecca levantaron la mano.

—Muy bien, ahora que levante la mano quien *no* quiera jugar. —Dios, creo que jamás en mi vida levanté la mano más rápido. También la levantaron Marina y el primo de Oscar, Dani, creo que se llamaba.

—Bueno, chicos, pues tenéis dos opciones, o jugáis o no jugáis porque gana la mayoría —escuchar la voz de Rebecca me daba ganas de estrangularla. Si escuchara esa voz cada vez que mi madre me humillaba, le plantaría cara con más facilidad.

—*Gana la mayoría* —la remedé sin vergüenza.

—Pero a ti ¿qué coño te pasa? —preguntó Rebecca demasiado valiente, obviamente no tenía ni idea de con quién se estaba enfrentando.

—Rebecca, déjala —la frenó Maddie dejando atrás su actitud juguetona.

—No, tía, no tiene derecho, yo no le he hecho nada —dijo Rebecca, como si eso significara algo.

Marina tampoco me hizo nada y se llevó la peor parte de mí... Y eso que me gustaba. Imagínate tener enfrente alguien que ni me gusta ni me cae bien. Quería demostrárselo.

—En serio, Rebecca, déjala —insistió Maddie.

—Jack, ¿por qué no juegas un rato y te relajas? ¿Sí? —Maddie intentó calmar las aguas pero ya era demasiado tarde, cuando se me cruzan los cables ya no hay quien me relaje.

—Está bien —dije porque era demasiado temprano todavía para pegar a alguien. Nos pusimos todos sentados en un círculo encima de una alfombra roja y dorada enorme de estilo oriental.

—Vale, yo la giro —se adelantó Marc cuando vio que Rebecca iba a cogerla.

Vi como la botella empezaba a dejar de girar poco a poco y se iba quedando quieta, luego más tarde caí en el hecho de que me puse enfrente de Marina, mierda. Había estado demasiado ocupada odiando a la tal Rebecca como para darme cuenta. ¿Joder, ahora cómo me cambiaba?

—¿En qué piensas, Jack? —me preguntó Maddie en voz baja—. Relájate y disfruta.

La botella seguía girando.

—¡Uy! Maddie con Oscar, espero que Rebecca no se ponga celosa —rio Marc y luego rieron todos detrás.

—No, qué va, Maddie, te doy permiso para que te enrolles con mi novio —rio Rebecca.

Y Maddie se levantó y se acercó a Oscar, primero le miró un buen rato mientras le acariciaba la cara y el cuello y cada vez se iba poniendo más y más cerca. Oscar puso sus manos en las caderas de Maddie y la trajo hacia ella en un movimiento muy sensual, yo no sé si los demás se estaban poniendo incómodos pero a mí esto me aburría. Luego Maddie empezó muy suavemente a chuparle el labio a Oscar mientras estos dos empezaban a hacer movimientos repugnantes con sus cuerpos mientras empezaban a meterse la lengua hasta la garganta.

—¡Tíos... Tíos! Cogeos una habitación, hombre —soltó Marc cuando la cosa empezaba a ponerse incómoda, y todos se rieron pero Maddie y Oscar no pararon.

—¡Joder que alguien les diga que pare!, ¿no? —Me miró Marc buscando una mirada cómplice. Agarré a Maddie del hombro y la eché para atrás de un tirón.

—Tía... Ya, ¿no? Que te lo vas a comer —le dije.

Rebecca miraba la escena seria, pero tampoco pareció importarle mucho.

—¡Esto se pone divertido, venga, me toca! La giro yo —gritó Maddie emocionadísima.

—De eso nada, esta es mi casa, mi fiesta y mi botella, trae. —Marc se la arrancó de un manotazo y la giró tan rápido que se veía borrosa. La botella apuntó a Matthias y a Rebecca.

—Estaba deseando que me tocará a mí, porque tengo una propuesta. —Miró hacia Marc—. Este juego está demasiado aburrido y apuesto lo que sea a que no soy el único que lo piensa... ¿Qué te parece si lo cambiamos a verdad o reto?

—Está bien, haz lo que quieras —dijo Marc con cara de «sorpréndeme, a ver si puedes».

—Rebecca, ¿verdad o reto?

—Reto —dijo con una sonrisa.

—Uy, está bien, empezamos fuerte. Sal afuera y besa a un desconocido —dijo Marc.

—Ahora sí que se está poniendo interesante —anunció Oscar frotándose las manos y prestando atención. Rebecca sacó su móvil del bolso para mirar la hora y, como un acto reflejo, hice lo mismo. Eran las diez y cuarto.

—No sé, Mat.

—No haber dicho «reto» entonces, no es mi problema —se rio y encogió de hombros. Rebecca se levantó dudosa y se dirigió a la entrada de la puerta.

—No jodas que lo va a hacer de verdad —dije asombrada.

—Creo que sí —rio Marc y todos nos levantamos detrás de Rebecca a ver si era capaz de cumplir con el reto.

—Tíos, hace frío fuera. —Tiritó mientras abría la puerta y sacó un brazo para comprobar la temperatura.

—Lógico, es de noche. Venga, ¿a qué esperas? Corre —le ordenó Matthias mientras le hacía gestos con la mano para que se alejara.

—¡Aaah! —chilló Rebecca en modo dramática mientras cruzaba la calle y se acercó a un viejo que paseaba tranquilamente con su perro, era la única persona que caminaba a esas horas por la calle. Joder, no me podía creer que lo fuera a hacer. No pudimos escuchar lo que le decía porque estaba muy lejos, pero vimos por la luz de la farola que, efectivamente, le pegó un buen morreo. El pobre viejo se quedó atolondrado y confundido.

—¡Perdón! —le chilló Rebecca mientras cruzaba la calle otra vez corriendo hacia la puerta. Todos empezaron a reírse sin poder creer lo que veían sus ojos.

—¡Joder, estás loca! Venga, entra —le dijo Marc mientras la miraba pasmado.

—Joder, tía, ¿cómo has podido? —se rio Maddie histérica.

—No sé —rio Rebecca limpiándose agresivamente los labios, como si eso ayudara en algo, el beso ya estaba dado.

—Id pensando en si queréis verdad o reto porque aquí no hay segundas oportunidades —dijo Marc girando la botella tan fuerte que teníamos que esperar media hora para que dejase de girar.

—Jackyyy. —Me miró con una sonrisa que me asustó. Estaba tan pendiente de los demás que jamás pensé que me tocaría a mí...

—Eeeh, verdad.

—Pff, qué aburrida —bufó Marc.

—Está bien, eeeh. —Empezó a pensar—. El reto iba a ser

que besaras a alguien de tu mismo sexo aquí en este círculo, pero ya que has elegido verdad, dime, ¿a quién besarías?

Dios, ¿por qué me hacía esa pregunta a mí? Empecé a pensar... «¿Lo sabe? Dios, no puede ser, solo lo sabe Zoe».

Al hacerme esa pregunta intenté parecer lo más serena posible, aunque por dentro estaba temblando, y si me dejaba llevar sabía que miraría a Marina, que no hacía falta ni que respondiera, con mirarla ya sería suficiente. «Joder, Jack, deja de rayarte, ¿qué más da? Lo ha dicho al azar... Porque si lo sabe y llega a oídos de mi madre... Joder, ahí sí que estoy bien jodida...».

—Eeh, ¿en serio? Qué pregunta más seca; otra cosa, hombre. Que estamos aquí para divertirnos.

—Esooo —me apoyó Maddie, cosa que en ese momento agradecí.

—Mira, Jack, si fuera por mí nadie elegía verdad. Todos retos.

—Está bien. Reto —dije sabiendo que no se podía cambiar y con esperanzas de que no me pusiera algo relacionado con el mismo sexo.

—Solo te doy una segunda oportunidad porque has estado muy calladita esta noche. ¿Qué te pasa, Jack? Anímate. Solías ser el alma de la fiesta. —Me quedé mirándole seria—. Déjate de chorradas y escupe.

—Besa a alguien de tu mismo sexo —dijo casual.

—¿Por qué, tío? —me quejé. Dios, cada minuto que pasaba me parecía peor idea haber ido.

—Porque a los tíos nos pone ver a dos tías morreándose. Te tocó, Jack, lo siento. —Le miré furiosa.

—Los tíos os ponéis hasta con una mosca de pasar, sois repugnantes.

—En eso no te falta razón —rio—. Mira, he pensado para hacerlo más interesante que beses a una chica que no haya participado antes —dijo mirando a Maddie y a Rebecca. Mierda, era o besar a Marina o besar a dos desconocidas que se habían pasado toda la noche chismorreando.

—¿Marina? —preguntó y empecé a sudar y a tener frío al mismo tiempo al escuchar su nombre.

—¿Cómo dices?

—La acabas de mirar. —Mierda. ¿En serio? Ni cuenta me di—. Bien, ¿y? —intenté quitarle hierro al asunto, pero le rezaba al universo que fuera un sueño y me hiciera despertarme—. Que la beses, joder. Pégale un buen morreo. —Marina me miró con miedo, y un sentimiento de nostalgia me invadió cuando vi esa mirada que ya había visto antes. Esa vez tenía claro que no quería hacerla sufrir.

—Tío, Marina no está para estas cosas.

—¿Ah, no? Entonces ¿qué hace aquí? Que le des un morreo, joder. —Me obligó con la mirada.

«Lo siento, Marina», pensé para mí. Me acerqué cautelosamente, como si fuera un animal débil e indefenso que se va a escapar. Me miró con mucho miedo, creo que de todo el grupo era a la que más miedo le tenía. Le di un pico rápido y me eché para atrás.

—¡Qué mierda...! —empezó a hablar pero le corté.

—Tío, ¡¿es que no ves que no quiere?!

—Entonces ¿por qué está jugando? —Recordé que cuando preguntaron quién no quería jugar ella levantó la mano, pero dejé ese detalle pasar.

—Marina, que no te va a matar, hombre, bésala. —Dios, Marc sí que se tomaba el juego en serio. Al final Marina decidió coger aire y se me acercó con los ojos apretados. Empezamos a besarnos con lengua y yo sentía lo incómoda que estaba ella, mientras yo... Puede que sea un poco cabrona por pensar eso, pero nadie va a escuchar mis pensamientos, así que ¿para qué mentir? Disfrutaría el beso mientras durara.

—¡Eso, Marina, vamos! Déjate llevar —chilló Maddie.

—Dios, me estoy poniendo cachondo —rio Matthias.

—Das asco —le dije separándome de Marina y cuando me di cuenta de lo que estaba haciendo tuve que reprimir las ganas de vomitar.

—Borra el vídeo ya —dije tan seria que no reconocí mi propia voz.

—¿Qué vídeo? Estás en directo, ¡saluda! —En ese momento deseé con todas mis fuerzas despertarme de una pesadilla, no podía ser verdad que fuera tan capullo y, aun así, todavía dentro de mí me quedaba fe de que a Matthias no le seguía ni su propia madre y los que estuvieran conectados fueran tres personas que no había visto en la vida.

—Apaga el móvil. —Le quité el móvil de un manotazo tan inesperado que casi se lo arranqué a pedazos.

—Pero, Jack, ¿qué te pasa?

—Qué te pasa a ti, ¡¿eh?! —le chillé en toda la cara.

—Me aburría e hice un directo. Siempre lo hago en todas las quedadas y lo sabes. —Si me hubiera estado enrollando con un tío no me hubiera importado, pero nadie entendería mi problema... En realidad, los tíos me daban asco, pero me servían para taparme de mi verdadera yo.

—Bueno, pues si tú te quieres grabar, bien por ti, pero a mí me lo vuelves a hacer y te parto la cara.

No me contestó, se quedó mirándome confundido y el resto igual, y después hice lo que debería haber hecho mucho antes, irme.

CAPÍTULO 17

CODY

—Hola... ¿Cómo te encuentras? —noté una dulce y delicada voz bendecir mis oídos y una suave mano acariciarme la frente y apartarme los pelos que me estaban molestando, intenté abrir los ojos, pero la luz que salía de la ventana me molestaba. Al parecer, se dio cuenta, porque fue a cerrar un poco las cortinas. Los abrí del todo y allí estaba ella, siempre preocupada por mí... No la merecía.

—Ahora que te veo, mejor... —se rio.

—¿Dónde estoy?

—En el hospital. —Mierda, la cagué.

—He jugado muy mal, ¿verdad? —Me miró con cara de no querer responder.

—Estabas distraído, era normal. Al menos has ganado la liga. —Sí, era cierto.

—Ya te han vendado el tobillo, nos vamos ya. —Dioss,

cuando dijo «nos vamos», en plural, quise que a partir de entonces siempre fuera en plural, quise estar siempre con ella sin que nadie me lo impidiera.

—¿Adónde nos vamos? —dije con una sonrisa.

—Pues tú te vas a casa y yo me voy al internado...

—Otra vez te voy a tener lejos, no quiero eso. ¿Has visto lo que me ha pasado en el partido? No me sienta nada bien, lo sabes, ¿verdad?

—A mí tampoco me sienta nada bien... —dijo mirándome con ternura.

—Ven, acércate —le susurré, y me hizo caso. Le di un beso largo, pero no me bastaba, no sabía cuándo sería la próxima vez que iba a verla... Le besé el cuello. Dioss, tenía la piel tan suave y tan caliente... Quería besarla por todas partes.

—Quiero besarte por todas partes, Zoe —le susurré.

—Hazlo —me ordenó desesperada, y empecé a notar cómo se estaba excitando, así que paré. Cuando le vi esa cara de niña pequeña enfadada, no pude evitar reírme.

—Tranquila, no cambiaré de idea —me reí.

Esa escena se repetía una y otra vez en mi cabeza, no sabía si la había soñado o si había ocurrido en realidad. Ahora mismo solo podía oír una sirena estridente y voces de enfermeros que gritaban a mi alrededor. Estaba en una ambulancia camino del hospital. Me había lesionado.

CAPÍTULO 18

JACQUELINE

Llegué a mi casa agotada de tanto caminar, así hacía yo mi vida: salía a andar o me recogían amigos porque no podía contar con mi madre para que viniera a buscarme. Estúpida de mí, que pensaba llegar a mi casa de puntillas para no hacer ruido y resulta que todo lo contrario: el jaleo y las luces encendidas a la una de la mañana venían de mi casa. Dudé unos segundos si entrar o quedarme a dormir en la calle, pero finalmente entré porque me vi capaz de enfrentarme a mi madre, aun sabiendo que, por mucha valentía que tuviera en ese momento, solo con verle la cara a mi madre ya se me esfumaba.

—¡Mira por dónde aparece la vergüenza de la familia! —gritó mi madre toda borracha nada más aparecer por la puerta. Empezábamos bien...

Miré a mi hermano Fran, de trece años, sentado recto en

la silla de la cocina. Se le veía incómodo, seguro que ya le había regañado a él antes. Jeremy, el más pequeño de todos, ya estaría dormido, aunque yo no podría dormirme con estos gritos.

—¿Qué has estado haciendo esta noche? —me preguntó a chillidos con una botella en la mano y un cigarro en la otra: siempre que se cabreaba o estresaba empezaba a fumar...

—Como si fuera la primera vez que me dejas salir sin haberte preguntado antes —le repliqué por muy cagada que estuviera, yo nunca me quedaba callada, no podía.

—Es que te encanta ponerme en ridículo, ¿verdad?, ¿a qué clase de hija he criado?

¿Que ella me había criado a mí? Más bien yo había tenido que ocuparme de ella.

—No sé de qué me hablas. Ve al grano, por favor. —Sabía perfectamente por dónde iban los tiros.

—¿Sabes acaso lo vergonzoso que es para mí saber que mi hija se morrea con mujeres? —dijo con la mano en el pecho haciéndose la víctima. Corriendo giré la mirada a mi hermano. ¿Cómo sabía ella eso? Como si me estuviera leyendo la mente me dijo—: Jeremy estaba viendo un directo de un chico de tu clase supongo y, Dios mío, cuando lo vi quería arrancarme los ojos.

¡Era verdad! ¿Cómo no me había venido antes a la cabeza? Jeremy y el hermano de Matthias eran mejores amigos, estaba claro que le seguía en Instagram, debería haberlo pensado antes... Aunque tampoco hubiera podido hacer nada aparte de rayarme todo el camino a casa.

—Mamá, estábamos divirtiéndonos, ni siquiera es mi novia... ¿Nunca te has divertido de joven o qué?

—No es la primera vez que besas a una chica, ¿verdad?

¿Qué? ¿De dónde venía eso? ¿Cómo es que lo sabía...?

—¿Qué? ¿De dónde te has sacado eso? —me hice la tonta como nunca en mi vida.

—Hay rumores, Jacqueline; no nací ayer, soy más lista de lo que te crees.

«O sea, que es lista para espiarme, pero no para cuidarme... Y eso de que había rumores..., ¿cómo es posible?». Solo lo sabía Zoe. No dije nada, me quedé mirándola queriendo que me chillara a la cara porque ese silencio tenso me estaba matando.

—¿Te acuerdas de la tía Ruth?

Dios, ¿por qué narices me sacaba el tema de una tía a la que no veía hace años y que solo vi una vez en mi vida?

—Aunque solo la haya visto una vez, gracias a ti me acuerdo de ella todos los días, ya que siempre me sacas el puñetero tema.

—Mi familia se avergüenza tanto de ella que no la ven y tampoco están interesados en saber nada. Me acuerdo de que mi madre al principio le pegaba, pero Ruth no aprendía, la desobedecía y seguía viendo a mujeres a escondidas de mi madre, y no me refiero a amigas: a Ruth le gustaban las mujeres. ¿Sabes lo vergonzoso que es para mi familia que una hija tan estudiosa, tan responsable y tan educada vaya por ahí besándose y toqueteándose con mujeres? Imagínate el escándalo que podría llegar a provocar en la gente. Mi madre entonces la llevó a un psiquiatra para curarla o alguna de esas mierdas. —Se pasó la mano por la frente cansada—. Dicen que ayudan, pero es mentira. Ruth salió peor y más rebelde. Creo que era el único fallo que tenía Ruth, pero se multiplicaba por mil. Acabó marginada por toda mi familia, no sé qué es de su vida. Llevo ocho años sin ver a mi hermana por culpa de cómo es. Porque era buena persona, solo que siempre desobedeció a mi madre en eso, por mucho que le pegara ella no aprendía. No me gustaría hacerte lo mismo a ti, Jacqueline. Ya sufrí bastante mi adolescencia con mi madre y mi hermana. ¿O es que quieres acabar como Ruth?

—No sé quién coño es la tía Ruth, a la que solo he visto una vez en toda mi vida, pero ojalá sí, ojalá acabara como ella. Feliz, lejos de esta mierda de familia que no la entiende y no la acepta como es; tampoco hizo nada malo, es parte de su personalidad. Si no os gustaba eso de ella significa que no la queríais. La verdad es que la admiro —dije lo mejor que pude a pesar de que empezaba a temblarme el labio inferior de los nervios... No quería, no estaba preparada para lo que iba a venir.

—¿Ah, sí? ¿Quieres acabar como ella? Muy bien. —Mi madre se fue dejando la botella en la mesa y se metió en el pasillo.

—¿Qué coño le pasa a esta tía? —le susurré desde donde estaba a mi hermano. El pobre se encogió de hombros confundido. Se había pasado toda la discusión mirando de un lado para el otro, enterándose de todo.

—Aquí tienes. —Me lanzó una mochila con tanta agresividad que no me lo esperaba y terminó dándome en la cara.

—¿Para? —pregunté sosteniéndola en el aire.

—Para que te largues por ahí como hizo tu tía Ruth. ¿No querías ser como ella? Pues lárgate. —Le pegó una larga calada a su cigarrillo y me sopló el humo en la cara. Que hiciera eso activó la rabia que tenía dentro de mí, pero tampoco quería rebelarme contra mi madre, era la única persona con la que no podía competir.

—No sé cuál era tu pensamiento, pero siento fastidiarte tu plan porque yo no me voy a ninguna parte —dije dejando caer la mochila al suelo con convicción.

—¿Cómo has dicho? Te vas de mi casa... AHORA. —Le tenía miedo pero solo un poco, la rabia de saber que me estaba echando de casa sin hacer nada malo y sin importarle me estaba consumiendo.

—NO —le respondí seria mientras se me acercaba lentamente.

—Ve-te. —Sentí un inesperado dolor intenso en mi cuello, que me ardía tanto que parecía que me estuviera desangrando; sentía cómo me palpitaba el corazón en esa zona de mi cuello, pero me dolió más el hecho de lo que hizo que la simple quemadura.

—¡AAAH, joder!

Le aparté la mano y vi que me había estrujado el cigarrillo en el cuello, dejándome una herida. No me lo esperaba, pero tampoco me sorprendía...

—No me mires así, vete de una vez —me dijo amenazante. Sabía perfectamente en qué tipo de aguas sucias me estaba metiendo, pero esa parte masoquista de mi mente me retenía ahí quieta, sin dejar que me moviera.

—Una de las pocas veces que actuaste como madre me

diste el consejo de plantarle cara a la vida porque tú no querías una hija cobarde —dije aún seria.

—O sea, que esa es tu respuesta, ¿no? Está bien, plántale cara a esto. —Se quitó el cinturón y ahí fue cuando Jeremy se levantó de su asiento, sorprendido y aterrorizado.

—No te vayas, hijo, quédate y mira lo que le hago a tu hermana. —Mi madre solía hacerme eso de pequeña cuando me portaba mal... A mis hermanos nunca les pegó de esa manera, pensé que con los años había rectificado pero me equivocaba. De pronto me pegó un latigazo tan fuerte y tan inesperado que no me dio tiempo de esquivarlo. Ahora, aparte de tener toda la espalda marcada, también tenía parte de la cara y el brazo.

Sentí cómo me aflojaba toda yo y cómo todo el daño que me había hecho de pequeña volvía y se presentaba allí, en aquel momento.

—¡Llora, llora como una cobarde! —me chilló por encima de mis sollozos de dolor, no podía escuchar muy bien aparte del sonido del cinturón golpeando mi piel, pero, de repente, en ese momento la voz rota de mi hermano me dolió más que cualquier golpe:

—¡Mamá! ¡Se está desmayando! —escuché a mi hermano desgañitarse hasta quedarse sin voz; después de eso, lo vi todo borroso y de lo que pasó luego ya no me acuerdo...

CAPÍTULO 19

JESSICA

Esto de quedar con James casi todos los días ya estaba empezando a ser una rutina, no tenía mucho que hacer, era mi único «amigo» y, realmente, ¿para qué mentir? Cada día me caía mejor; a pesar de la tremenda manía que le tenía no sabía que era la persona que necesitaba en mi vida, siempre me hacía reír...

—¿¿¿Por qué no me coges el teléfono??? —le dije a mi teléfono mientras miraba fijamente la pantalla escuchando el buzón de voz.

James y yo habíamos quedado ese día para sacar al perro mientras dábamos un paseo, realmente mi vida ha cambiado mucho desde que me «mudé temporalmente» aquí; la verdad es que no tenía grandes planes, pero curiosamente cada día estaba más feliz, era muy diferente a la vida que llevaba en Los Ángeles de salir casi todas las noches de fiesta, mi madre al menos estará contenta. Y James... Él también era muy diferente, era un chico tranquilo y responsable, y no salía de fiesta porque aquí la gente era más pacífica y no solían hacer muchas fiestas a no ser que fueran tradicionales o en pequeñas ocasiones. Así que realmente me estaba preocupando, ¿por qué no me cogía el teléfono? Eran ya las tres de la tarde y habíamos quedado antes de almorzar; mi madre no me dejó salir de casa sin tomar primero mi almuerzo, así que ahora, me hubiera cogido el teléfono o no, iría a buscarle porque me estaba empezando a preocupar.

—Mamá, me voy a casa de James —dije mientras abría la puerta para irme. Mi madre estaba viendo una serie en el salón con mi tía Monica.

—Está bien. —Ni me miró a la cara, ni me dijo a la hora que volvía, ni un simple «vuelve pronto»: nada.

Mi madre confiaba tanto en James y en la vida que tenía ahora que simplemente pasaba de todo, no había nada de lo que yo pudiera hacer que la preocupara.

Nunca había estado en casa de James, siempre era él el que venía a recogerme a mi casa, así que probablemente no me sorprendería nada si acabara perdida, ya que tampoco podía llamarle para que me dijera dónde era porque no me cogía el teléfono. Finalmente, después de recorrerme la misma calle por lo menos unas tres veces intentando averiguar qué puerta era, decidí probar suerte.

—¿James? —El timbre me pareció que no era lo suficientemente ruidoso para que lo escuchara, así que aporreé la puerta con tan mala pata que me hice una herida. Dejé unas gotitas de sangre en la puerta—. Pero qué burra soy... —dije mirándome los nudillos.

«¿Me habré equivocado? No creo, estoy segura de que era esta puerta». Entonces la puerta se abrió lentamente y en el interior de la casa solo se podía ver oscuridad, hasta que de pronto apareció James asomando solamente la cara detrás de la puerta.

—¿James? —hasta yo pude notar la preocupación en mi voz... ¿Qué le pasaba?

—Jess, es mejor que te vayas —dijo con la voz ronca. De repente noté un repentino calor deslizarse por mi espalda y una ansiedad en mi pecho, no podía pedirme que me fuera tranquilamente a mi casa después de esa respuesta, había estado todo el día preocupada por verle y ahora que lo tenía de frente y de esta manera no pensaba largarme sin tener una respuesta de lo que le ocurría.

—No me voy a ninguna parte, cuéntame qué te pasa.

—Jessica, vete, por favor. Ya quedaremos otro día.

—James, al menos dime si estás bien... —Quería verle entero. ¿Por qué se tapaba la cara? Algo no me daba buena espina y no saberlo no me iba a dejar dormir. Entré disimuladamente echando un paso para delante.

—Jessica, joder.

De repente se lo vi... Aquello que tanto estaba tratando de ocultar; se me escapó un grito de la impresión.

—James... —Le acaricié con miedo de hacerle daño en la herida que tenía en el labio partido, me temblaba el dedo del miedo que me recorría el cuerpo al pensar que se lo había hecho en una pelea... Porque era más que obvio que eso no se lo pudo haber hecho solo. Si no era eso lo que tenía que ocultarme, ¿qué sería entonces? Cuando dejé de acariciarle el labio me llevé en el dedo una gota de sangre... O sea, que la herida era reciente.

—¿Cómo te ha pasado esto, James? —De repente me estremecí cuando sentí una desagradable electricidad recorrerme la nuca... Sentía como si alguien estuviera detrás mío observándome, a lo mejor era simplemente una de mis rayadas de cabeza, pero tenía mucho miedo, algo dentro de mí me decía que no debería quedarme afuera...

—Ven, pasa —me dijo James como si me leyera la mente... O a lo mejor es que él también lo sentía. Cuando entré tuve que agarrarme al brazo de James para no tropezarme con algo, todo estaba oscuro.

—James, ¿por qué tienes las cortinas echadas?

—Para que la gente no vea el desastre que hay en mi casa.

—¿Qué desastre? —En ese momento encendió las luces y tuve que entrecerrar los ojos para no quedarme ciega.

—Madre mía —exclamé en voz baja al ver el caos que había en el salón, todos los platos rotos y en el suelo, había también un jarrón hecho añicos desperdigado por todo el suelo de madera.

Miré a James para que me diera algún tipo de explicación, pero cada vez había más y más sorpresas; de repente cuando giré la vista a James se le caían las lágrimas como si no tuviera ningún tipo de control sobre su cuerpo, como si esos trozos de cristal en el suelo fueran el mismísimo enemigo que le causaba trauma en el fondo de su mente. De pronto, sin esperármelo, James se echó a mis brazos llorando a pleno pulmón y abrazándome tan fuerte que empezaba a no llegarme el aire.

—James, ¿qué te pasa? —le pregunté en voz baja mientras le acariciaba la cabeza... Eso no ayudó, empezó a llorar aún más y no tenía pinta de que se le pasara rápido... Entonces ¿esa herida que tenía en el labio se la había hecho con los cristales rotos que había en el suelo?

—Jess —sollozó y me dio un vuelco el estómago. Nunca había visto ese lado de James pero, en el fondo, por mucho que me doliera en el alma que se mostrara así conmigo de esa manera, me encantaba que pudiera confiar en mí lo suficiente como para llorar delante mío a pesar de estar siempre feliz y de buen humor. Era tan tierno cuando lloraba... Me daban ganas de abrazarle y no soltarle, tenía que contenerme mis lágrimas porque verle llorar me daba ganas de echarme a llorar yo también.

—¿Qué? —le pregunté con cariño—. Cuéntame qué te pasa. —Ahora me tocaba a mí apoyarle y entenderle cuando él hizo lo mismo conmigo el otro día, la diferencia era que lo que le pasaba a James tenía pinta de ser mil veces más grave de lo que me pasaba a mí... y tenía miedo.

Se despegó de mí con los ojos rojos y el pelo todo revuelto, empezó a caminar de un lado para otro estresado y pasándose la mano por la cara tan fuerte que parecía que se la iba a arrancar, no paraba de suspirar, me sentía fatal por no poder ayudarle...

—James, ¿por qué no te sientas y te calmas un poco? —le dije, intentando tranquilizarle.

—Está bien.

Ni me miró a los ojos, pasó por mi lado y se metió en una habitación.

Yo me quedé donde estaba... No sabía qué hacer, esperé unos segundos dudando de si entrar con él o no, así que al final decidí pasar. La habitación tenía una decoración estilo minimalista y estaba oscura, la única luz que había era una lamparita encendida en una de las mesillas de noche; era una habitación de matrimonio, seguramente de los padres de James. Realmente la casa era bonita y familiar, lo que el desastre no me dejaba fijarme más allá. Se sentó en el filo de la cama con los codos apoyados sobre las rodillas y su cara enterrada en las manos. Estaba demasiado estresado, lo sabía porque solamente con verle podía sentir su estrés. Me acerqué despacio y le rodeé con mis brazos.

—James, me voy, no quiero obligarte a soltarlo. Yo solo quiero ayudarte y sé que ahora es mejor que te quedes solo y que te calmes un poco, no sé por lo que estás pasando, pero debe de ser algo serio. Ojalá pudiera ayudarte, si necesitas algo solo tienes que llamarme —le dije finalmente como despedida, creí que eso era lo mejor que tenía que hacer...

—No, Jessica, por favor, no te vayas —me rogó James con la voz rota mientras me retenía del brazo para que no me fuera. No me esperaba para nada esa respuesta. James me suplicaba con los ojos llorosos que me quedara y a mí se me encogió el corazón.

—Vale, está bien, me quedaré. Pero entonces me tienes que explicar qué ha pasado —le dije en un tono suave mientras le acariciaba la cara con cariño. Quería demostrarle de alguna manera que podía confiar en mí, no porque estuviera desesperada por saberlo, aunque sí que tenía curiosidad, sino porque sabía que le iba a venir bien si expulsaba toda esa mierda que guardaba dentro.

—Mi padrastro le pega a mi madre —soltó un sollozo en la última palabra y yo me quedé perpleja, no sabía qué esperarme, pero eso jamás se me hubiera pasado por la cabeza.

—¿Cuándo le pegó? ¿Hoy? —no sabía qué decir y fue lo primero que se me vino a la cabeza, aunque creo que fue una pregunta un poco obvia porque los cristales rotos en el suelo respondían por sí solos.

—No, hoy casi la mata. Le pega todos los días, mi madre está metida en una relación abusiva y no se quiere dar cuenta o tiene miedo de dejarle por lo que pueda pasar. Te lo juro, Jessica, no sabes lo mal que eso me hace sentir. Lo que me hace sentir el no poder defender a mi madre... Intento siempre separarle cuando veo que se le acerca violento, pero no para de amenazarme con decirme que como se me ocurra interponerme en su relación nos dejará a mi madre y a mí sin un céntimo. Él es el único que trabaja aquí, así que puede permitirse decir esas cosas, hasta que yo pueda encontrar un trabajo y ser yo el que mantenga a mí y a mi madre, de momento... no puedo hacer nada. —Se pasó la mano por la cara con brusquedad.

Me hundía solo de pensar que James pudiera estar metido en una situación así. Él, que siempre estaba contento y buscaba siempre la manera de animar a los demás. Me sentía tan mal por él, porque aunque mi situación era diferente a la suya también sabía lo doloroso que era ver a un hombre pegarle a tu madre.

—No sabes cuánto lo siento, James... Y te entiendo, sé lo que es ese sentimiento repulsivo. Mi padre también solía pegar a mi madre cuando yo era más pequeña, estuvo preso muchos años pero hace poco salió de la cárcel y por eso me quede aquí más tiempo; si no, ahora mismo estaría en Los Ángeles —le dije, confesando que había un tipo de dolor que yo conocía también muy de cerca.

Gracias a Dios hace mucho tiempo que yo ya no vivía eso, pero se me quedó el trauma por muchos años, no me quiero imaginar lo que estaría pasando el pobre James en estos momentos... Todavía me sorprende lo positivo que es y lo mucho que le sonríe a la vida: me encanta.

—No lo sabía —dijo sorprendido—. Bueno, pues siento

que haya tenido que salir de la cárcel pero... gracias a eso estás aquí... conmigo —y esto último creo que casi se le escapó porque, de repente, cambió la energía de la habitación. Estaba claro que no quería decirlo tal y como le había salido.

Pero ya lo había dicho. Y me miró a los ojos. Me miró diferente esta vez, y sé que fue diferente porque sentí algo más allá que pena y ternura... Sentía que quería quedarme allí con él todo el día, que quería abrazarle, que quería besarle... por todas partes. Madre mía, Jessica... ¿Qué estaba pasando? Lo peor es que creo que él también quería...

De repente se acercó a mí, pero esta vez no fue tan inesperado como el abrazo, se acercaba cada vez más lento y se paró en seco cuando llegó a mis labios, me quedé esperando un beso pero no lo hizo.

—¿Qué me estás haciendo, Jessica? —me susurró tan bajito que solo se podía escuchar desde esa distancia.

No contesté. Yo me preguntaba lo mismo.

—Me vuelves loco —dijo rozando sus labios con los míos pero sin besarme aún.

Un cosquilleo intenso me recorrió la barriga y la boca se me hizo agua de los nervios.

—Me encantas, Jess, me gusta todo de ti, tu físico y tu personalidad, me gusta tu voz, tu sonrisa, me gustas hasta enfadada —dijo en voz baja soltando una leve risa—. Me muero por tu risa, tu risa me da la vida, Jess —acabó. Estábamos muy cerca, tan cerca que habría jurado que oía su corazón latir. Deprisa. Muy deprisa.

Dios, me estaban dando ganas de llorar.

—Siempre me han dicho que para enamorar a alguien tenía que hacerle reír, pero cada vez que tú te ríes yo soy el que se enamora. Te quiero, Jess. Sé que es una palabra muy grande, pero es lo que siento... y yo no tengo miedo de decírtelo —me dijo con una sonrisa y no pude evitar reírme porque sabía que se refería a Oscar.

—¿Y qué pasa si estás mintiendo? —Pensar en Oscar había hecho que se activaran todas mis defensas. Al fin y al cabo Oscar también me había dicho que me quería y me lo había dicho entre besos.

—Entonces mentiré para siempre —me dijo apartándome un mechón de pelo de la cara y colocándolo detrás de mi oreja—. Me tienes loco —dijo, esta vez mirándome intensamente, fijamente a los ojos.

Pero también con algo más que deseo... También me miraba con miedo, miedo de lo que yo podría responderle, pero lo que él no sabía es que ya llevaba un tiempo perdidamente enamorada y no lo sabía.

—Yo también te quiero, James —le dije mirándole a los ojos y fue el «te quiero» más sincero y más puro que dije en toda mi vida... ya que yo no le decía «te quiero» a cualquiera.

Entonces acercó su boca a la mía y yo estaba muerta de anticipación. Quería saber cómo sabían sus labios, no podía esperar. Pero se paró un milímetro antes.

—Dilo otra vez —me pidió con autoridad.

—Te quiero —dije y no esperé más y fui yo quien le besé.

Noté sus manos agarrándome la nuca con suavidad y atrayéndome hacia él, le rodeé fuerte con mis brazos mientras profundizaba el beso, ese cosquilleo en la barriga se hizo cada vez más y más grande. Me besaba con dominio, pero también con suavidad, podía sentir y escuchar su leve respiración agitándose cada vez más y eso provocó que mi corazón empezara a latir cada vez más rápido y con más fuerza.

—Te necesito, Jess —me susurró en el oído, tan cerquita que noté su aliento en mi piel.

—Estaré siempre aquí, no me iré, te lo prometo —le susurré en el oído besándole despacio en el cuello mientras enredaba mis dedos en su pelo atrayéndole hacia mí; noté cómo se le puso la piel de gallina y empezó a acariciarme mientras nos pegábamos cada vez más cerca hasta que ya no quedaba nada de espacio entre nuestros cuerpos.

Podía sentir las palpitaciones de su alocado corazón latir dentro de mí y, como si estuviéramos conectados en cuerpo y alma, me dijo en un suspiro:

—Jess, necesito sentirte más.

Sentí un escalofrío cuando metió sus manos por debajo de mi camiseta y me abrazó fuerte por debajo mientras me acariciaba con ansias y me daba pequeños y largos besos en mi cuello con dulzura.

—Siénteme más entonces.

Cuando se detuvo para mirarme a los ojos y sonreírme, supe que él no era como los demás.

Él era prudente y respetuoso, y sabía que hasta que no le diera permiso no haría eso que tantas ganas tenía de hacer por cómo le brillaban los ojos y por cómo se mordía el labio. Entonces mi respiración empezó a acelerarse cuando comenzó a subirme la camiseta poco a poco y me miraba con una pasión tan intensa que hacía que todo mi cuerpo temblase. Fui notando sus dedos rozarme suavemente la piel. De repente, la temperatura empezó a subir, y creo que él también lo notaba porque tenía las mejillas levemente coloradas. En ese momento le di gracias a Dios por que ese día hubiera decidido ponerme un sujetador más o menos visible —era negro simple—, pero él solo se fijaba en lo que se asomaba de él. Como respuesta me di la vuelta para que pudiera sacármelo, pero no lo hizo, me apartó el pelo a un lado con suavidad y me besó el hombro. Yo sentía cómo me derretía por dentro al sentir sus suaves labios en mi piel. Luego empezó muy despacio a dibujar un reguero de besos desde mi hombro hasta mi cuello hasta que de pronto paró. Me di la vuelta para saber por qué y le vi quitándose su camiseta para luego pegarse a mí, abrazándome fuerte por la espalda.

Creo que acababa de experimentar una de las sensaciones más bonitas en el mundo. Se pegó a mí con su torso descubierto y sentí su piel caliente en mi espalda desnuda.

Mi respiración empezó a agitarse cada vez más cuando sentí sus dedos acariciarme delicadamente mi barriga y poco a poco subir hasta mis pechos desnudos, me agarró uno con la mano y me lo apretó con cuidado y en ese momento noté cómo se despertaba mi deseo allí abajo. Se acercó a mi oído y me respiró con dificultad enseñándome lo caliente que estaba, eso provocó un cosquilleo en mi entrepierna, y despacio fue deslizando sus dedos hasta llegar al filo de mi pantalón.

—Sé que estás disfrutando, Jess. —Pude notar su aliento caliente en mi oído. Tenía razón, estaba ardiendo, a punto de sudar y ni cuenta me había dado.

—Te tengo tantas ganas que quiero ir lento contigo —me dijo rozándome la punta de la nariz por mi cuello y me dio un escalofrío. Me quitó cautelosamente el chándal de algodón y me quedé solamente con las bragas puestas. Empezó a acariciarme suavemente por encima.

—James —intenté hablar pero no me salían las palabras.

—¿Sí? —me preguntó.

Ahora estaba completamente desnuda y mi cuerpo temblaba por el deseo de su contacto. James tiró de mí hacia atrás con dulzura y ahora mi cabeza estaba apoyada en su pecho. Seguía tocándome.

No podía parar de jadear, me faltaba el aire y cada vez que se me escapaba un gemido James me torturaba ralentizando el ritmo cuando más adrenalina tenía. Podía sentir unas cosquillas de placer y quería más.

—No pares —le supliqué.

—Dios, Jess—dijo mientras paraba de acariciarme y me besó el cuello con ternura. Me quede ahí, sudando y jadeando tumbada en el pecho de James, intentando recuperarme, y de repente me pareció que estaba en el lugar más bonito, viviendo el momento más bonito con la persona más bonita del mundo, quise quedarme así para siempre, entre sus brazos.

—¿Me dejas que siga? —me preguntó cerca de mi oído mordiéndome el lóbulo de la oreja.

—¿Qué quieres? ¿Matarme? —Me giré para mirarle a los ojos, estaba guapísimo con todos los pelos revueltos y esa sonrisa que hacía que quisiera comérmelo a besos. Soltó una leve risita que hizo que mi corazón se encogiera de amor.

—Me lo tomaré como un sí —me dijo con una sonrisa y me puso con suavidad en medio de la cama, donde las sábanas estaban fresquitas y fue una sensación maravillosa para mi piel caliente. Se colocó encima de mí, pude sentir el roce de su cuerpo sobre el mío y comenzó a besarme dulcemente desde mi cuello haciendo un recorrido hasta mi pecho.

—Hay tantas cosas que quiero... a la vez que maldigo no poder tenerte toda la noche para mí —me dijo pegando su cadera a la mía y mordiéndome el cuello con ansias.

—Si por mí fuera me quedaba toda la noche contigo —le contesté esta vez mirándole a la cara.

Después me dio un último beso en los labios y se escondió debajo de las sábanas bajando hasta llegar a mi entrepierna, donde pude notar unas fuertes vibraciones. Mi corazón se disparó cuando pude notar su respiración en la zona más sensible de mi cuerpo. Mi pecho empezó a subir y a bajar con desesperación cuando colocó mis dos piernas encima de sus hombros y me agarró fuerte de la cintura; noté cómo me besaba con pasión hasta arrancarme unos gemidos de desesperación.

—Vamos, Jess —dijo levantando la sábana para que pudiera verle solo la cara entre mis piernas. Me excitó y me agarré fuerte a las sábanas mientras iba perdiendo el control de mi cuerpo. Me destapé con violencia y excitación dejando a James al aire libre y abrí mis brazos a ambos lados de la cama estirándome en busca de aire. Me estaba quemando y a punto de derretirme en la boca de James. Enredé mis dedos en su pelo y le atraje más hacia mí, necesitaba sentirle más cerca.

—James —jadeé en una nube de placer, notaba cómo se me estremecían las piernas.

—Vamos, Jess —me susurró James desde allí abajo y, como si fueran palabras mágicas, en ese momento no pude aguantar más la presión y exploté.

De repente, sin saber por qué, me eché a llorar. Lloraba desconsoladamente mientras James me miraba confundido.

—Hey, preciosa, ¿qué pasa? —me preguntó preocupado mientras me abrazaba—. ¿Te he hecho daño? —Me levantó la barbilla para que le mirara a los ojos.

—No, tranquilo. —Me limpié las lágrimas con el puño. ¿Por qué mierda tuve que arruinar el momento?—. Fue de la emoción. —Era consciente de lo ridícula que estaba sonando.

—En ese caso me encanta que te emociones.

Me besó la punta de la nariz. Estábamos los dos tumbados de perfil enfrentados cara a cara y luego me agarró para pegar mi cadera a la suya. Me miraba tentativo pero sin hacer nada, sabíamos que los dos queríamos pero ninguno se atrevía... hasta que decidí dar el primer paso: lentamente rocé mi dedo índice por dentro del filo de su pantalón.

—No es justo que yo no tenga nada puesto y tú todavía estés vestido —le dije bajito con voz seductora mientras me pegaba más a él; entonces, cuando vi que lo estaba disfrutando, retiré la mano.

—Continúa —me animó a que siguiera, tenía tantas ganas que decidí no dar más vueltas y le bajé los pantalones de un tirón.

—Dios —suspiré. Se colocó con delicadeza encima de mí y cuando vi que James iba a dar el siguiente paso le frené.

—Espera. Antes de que sigas tengo que decirte una cosa... —No dijo nada, se quedó atento esperando a que hablara—. Soy virgen —admití en voz baja. Nadie lo sabía, todos pensaban que me había acostado muchas veces, pero la verdad era que, a pesar de haber tenido toda clase de rollos, nunca dejé que fueran a más... hasta ahora, estaba convencida de que era con James con quien quería perderla. Me miró un poco sorprendido pero luego me sonrió y me dijo:

—Yo también. —Nos quedamos unos segundos mirándonos—. ¿Qué estamos haciendo, Jessica? —se rio y yo también. Entonces le cogí la cara entre mis manos y le dije mirándole fijamente a los ojos:

—Quiero hacerlo.

Me besó con dulzura, abrió el cajón de la mesilla de noche y sacó un preservativo, lo abrió con cuidado y me lo dio para que fuera yo quien se lo pusiera.

Se echó encima de mí con suavidad y pude sentirle la piel caliente encima de mi piel, pude sentir su corazón latir encima de mi pecho, le abracé fuerte hasta que quedamos tan pegados que no cabía nada de espacio entre nuestros cuerpos. Se me escapó un suspiro de placer que le animó a seguir. Mientras iba empujando despacio, rodeé mis piernas alrededor de su cintura. Una ola de pasión recorrió mi cuerpo entero. De repente mis leves gemidos se convirtieron en quejidos cuando sentí una sensación rara y difícil de explicar, era un dolor intenso dentro de mí que me recorrió hasta el vientre, pero poco a poco empezó a desaparecer y dejé de preocuparme. James me iba besando el cuello y la cara.

—James... —gemí—. Me duele.

—Vamos, Jess, tú puedes, preciosa —me jadeó fuerte en el oído—. Aguanta un poco más—. Noté cómo nuestros cuerpos estaban empezando a sudar mucho mientras nos pegábamos más aún y cómo acelerábamos la velocidad apretando cada vez más y con más fuerza.

Nuestros cuerpos empezaron a temblar sin ningún control igual que nuestros gemidos y mi mirada se nubló. Cerré los ojos con fuerza cuando sentí una oleada de placer y pasión que me invadió desde los dedos de los pies y recorrió todo mi cuerpo, noté palpitaciones fuertes ahí abajo y cómo se contraía con rapidez, y de repente llegó. James se dejó caer encima de mí. Lo que acababa de pasar había arrasado con nosotros dejándonos cansados con nuestros cuerpos sudados y pegajosos mientras jadeábamos en busca de aire. Me aparté un poco y vi que había dejado una mancha de sangre en la sábana, era muy pequeña.

—No te preocupes por eso —me dijo James cuando me vio mirando la mancha. Decidí relajarme con sus caricias hasta que empecé a notar cómo me quedaba dormida...

—¡Jess! ¡Jessica! —me despertó en voz baja. Noté cómo James me zarandeaba con violencia y desesperación mientras yo intentaba abrir los ojos. Me había quedado dormida...

—¿Qué? ¿Qué pasa? —pregunté medio atolondrada.

—Tienes que irte. —Empezó como un desesperado a buscar la ropa por la cama—. Vístete y vete. —Me lanzó mi camiseta a la cara con agresividad. Si me hubiera arrancado las pestañas una a una me hubiera dolido menos, yo no entendía nada...

—¿Qué haces mirándome? ¡Vístete! —me habló de malas maneras. El labio me comenzó a temblar.

—James... —le hablé con la voz rota mientras él se vestía a toda velocidad y miraba por la ventana cada dos por tres como un paranoico.

—¡Jessica, vístete, JODER!

Me quitó la camiseta de las manos y me la puso él con violencia. La sensación era la misma que si me tiraran un balde de agua fría por la cabeza. ¿Qué le pasaba? No entendía nada. Me hacía sentir vulnerable que me chillara con esa furia estando desnuda frente a él, habiendo decidido compartir el momento más íntimo unos minutos antes y que ahora le fastidiara mi presencia. Me vestí como pude mientras me temblaban las manos con ganas de llorar, no me puse a llorar porque sabía que se enfadaría más...

—¡Ay, mierda, mierda, mierda! —maldijo mientras se tiraba de los pelos estresado.

—¿Qué? —pregunté con miedo a su reacción. Le seguí la mirada y vi que un hombre se bajó del coche justo enfrente de su casa... Por eso quería que me fuera: acababa de llegar su padrastro.

—No da tiempo a que te pongas los zapatos. Póntelos fuera —dijo nervioso mientras abría la ventana de la habitación con angustia, parecía que le iba a dar un ataque.

—¡Corre, salta! —Me empujó tan deprisa y tan fuerte que por poco no me parto la boca. No me dio tiempo ni de darle un beso de despedida... Todo había sucedido tan de repente que mi cuerpo todavía no podía asimilar lo que acababa de ocurrir. Mi cuerpo todavía estaba en sus caricias... Volví a casa con un malestar en el pecho que no me dejaba respirar. Hasta que de pronto se me escaparon las lágrimas que tuve que aguantarme en casa de James; en cierta parte me sentía mal por él que tuviera que vivir de esa manera... Si mi madre todavía hubiera estado con mi padre, mi vida ahora sería muy diferente...

De camino a mi casa me di cuenta de lo mucho que había oscurecido el cielo, ¿qué hora sería? Miré mi móvil y no solo me encontré con la sorpresa de que eran las nueve de la noche, sino con que tenía siete mensajes y cuatro llamadas perdidas de mi madre... Sabiendo lo que me esperaba, me daba menos miedo quedarme en la casa de James.

Hice el camino de vuelta a casa con el recuerdo de James todavía presente en mi cuerpo. Mientras estábamos envueltos en placer le había dicho que me quedaría con él, que no le dejaría nunca. Pero en el fondo sabía que le había mentido, y él también debía saberlo... En apenas unos días tendría que irme de allí.

Me fui preparando mentalmente por el camino, pero cuando llegué a la puerta me quedé sin excusas. ¿Qué le iba a decir? Gracias a Dios, cuando me metí la mano en el bolsillo de los pantalones, me acordé de que llevaba encima la llave, al menos fui lista antes de salir de casa.

Fui a meter la llave en la ranura y no me dio tiempo ni de girarla cuando la puerta se abrió de golpe y me arrastró hacia dentro de un tirón, con mi mano todavía agarrada a la llave.

—¡Anda! ¡Qué sorpresa! —soltó mi madre sarcástica, porque era obvio que me estaba esperando toda la tarde hasta el punto de meterme dentro de un tirón, ya ni tenía paciencia a que entrara por la puerta solita.

Pensaba que me iba a tener que enfrentar a ella sola, que todos estarían dormidos y que tendríamos que salir afuera al gélido frío de la noche para no despertar a los demás. Obviamente estaba claro que yo venía haciéndome la película en mi cabeza, ya que eso no fue lo que pasó... Lo que pasó fue que toda mi familia estaba poniendo alegremente la mesa para cenar, parecía que delante de mí tuviera un anuncio de la cena de Navidad. La escena contrastaba tanto con la cara de amargada de mi madre...

—Justo a tiempo para la cena, Jess —me dijo mi abuela sacando del horno algo para comer, ni idea de lo que era.

—¿Por qué no has contestado a mis llamadas? ¿Qué has estado haciendo? —sonaba bastante enfadada.

«Ocupada perdiendo mi virginidad», pensé para mí, pero no fue lo que dije, evidentemente.

—Me quedé sin conexión —dije la primera excusa que se me pasó por la cabeza.

—Ya... Debes de pensar que soy tonta y me chupo el dedo. —Estaba claro que mi madre no se lo creía.

—Mamá, ¿qué quieres, que esté todo el día metida en casa? Confías en mí, sabes que aquí no puedo irme de fiesta ni volver a las tres de la mañana, que no me pasará nada. Solo he pasado el día entero fuera, con James. Son las nueve de la noche... No es para tanto —intenté justificarme y en el fondo estaba diciendo la verdad.

—No me enfado por todo eso que me acabas de soltar sin preguntarte, me enfado porque no me has cogido las llamadas —suspiró, como reconciliándose con su propio cabreo—. Mañana, que sepas que no saldrás, a ver si así aprendes de una vez que, estés aquí o en la otra punta del mundo, me preocupo cuando no me coges el teléfono porque soy tu madre —me contestó seria y me hizo pasar a la cocina a ayudar a poner la mesa.

CAPÍTULO 20

ZOE

«Averigua cuánto es equis». ¿Y cómo voy a saber yo cuánto es equis? Las matemáticas se me daban fatal, pero el álgebra era lo peor de las matemáticas, debería haber estudiado más.

Si hubiera estudiado, ahora no estaría mirando fijamente el papel que tenía enfrente de mí y levantando la cabeza cada dos por tres para saber cuánto tiempo quedaba de examen. De repente, como si fuera el mismo Dios que me estuviera salvando de ese muermo de examen, me llamaron desde el despacho de la directora. Otra vez salvada por el megáfono. Aunque, bien pensado, no sabía si eso iba a ser una salvación o una condena peor.

—¿Qué has hecho ahora? —se rio Theodora.

Me levanté y pedí permiso al profesor. Me preocupaba que no pudiera terminar mi examen, ya que si me corregían lo que había hecho hasta entonces suspendería. Subí hasta el despacho preguntándome por qué me habían llamado...

—Zoe —pronunció la directora mi nombre en voz alta sin mirarme mientras ordenaba unos papeles de su escritorio cuando me oyó entrar.

—Buenos días —le dije a la directora y a la otra mujer que estaba de pie a unos cuantos pasos de su lado, ni la miré, supongo que sería la subdirectora, la secretaria o la ayudante o qué sé yo...

—Toma asiento, Zoe, por favor. —Levantó la mirada para mirarme seriamente a los ojos. Me senté enfrente de ella, expectante por lo que me fuera a decir.

—Como bien sabemos todos, estás apuntada a las clases de ballet, que es una de las cinco actividades que ofrecemos a los alumnos

—Sí...

Escuché con atención.

—Me temo que no podrás participar en el campeonato final que será dentro de una semana.

Se me paró el corazón, sobre todo por el tono tan serio en el que lo decía, que hacía que me doliera cien veces más, como si todo el esfuerzo que le puse a la coreografía practicando horas extras esos últimos días no sirviera para nada.

Como si todas las tardes que había pasado escapándome de los comentarios soeces de Zack no sirvieran para nada.

—¿Cómo? —me tembló la voz y ella lo notó, pero siguió igual de fría y profesional... En el fondo parecía que me estuviera juzgando un poco.

—Y, además, tendrás que faltar a clase. Acaba de llegarnos una comunicación oficial. Tu padre se va a casar y quiere que asistas a su boda. Como sabes, los estatutos del instituto recogen esta situación como una de las pocas excepciones en las que los alumnos pueden perder clase.

Me quedé totalmente asombrada:

—¿Cómo? ¿Cuándo?

Fue como si me hubiera transportado a otra dimensión, como si lo que estuviera escuchando no pareciera real... ¿Cómo podía ser que me enterara de aquello por boca de alguien que no era de mi familia, sino la directora del colegio?

—Dentro de una semana, será en la semana de tu competición. —Se puso en pie y cruzó los brazos. Creo que en el fondo ella estaba también dolida porque la excelencia en todos los deportes que se practicaban en el internado era una de sus principales fuentes de orgullo. Y yo era una de las mejores bailarinas, de eso no tenía nadie duda.

Me sentía aturdida. La noticia me seguía doliendo… Era un dolor extraño, un dolor agobiante como si me estuviera ahogando y no pudiera sacar la cabeza para respirar por mucho que quisiera… Por mucho que quisiera no me podía quedar allí para el campeonato al que tanto esfuerzo y lágrimas le puse. No había conseguido cambiar de pareja en el baile y había tenido que hacerlo con Zack y ahora, encima, todo ese esfuerzo había sido para nada. De repente me di cuenta de cuántas cosas escapaban a mi control y no podía cambiarlas por mucho que quisiera. Por mucho que quisiera no podía detener la boda de la que mi propio padre ni siquiera me avisó, le importaba tan poco a mi padre que no fue capaz ni de avisarme a sí mismo, fue como un puro trámite burocrático lo que hizo conmigo. Si tan poco le importaba, ¿por qué se molestaba siquiera en avisarme? Para no quedar mal delante de los invitados, supongo. Por mucho que quisiera no asistir tenía que hacerlo de todas formas, a pesar de que quisiera y deseara con todas mis ganas que Margaret se largara de mi vida; ahora no solo se me había esfumado la fe en que algún día mi padre se hartara de ella, sino que el karma me había dado en las narices y a partir de esa boda sería oficialmente mi madrastra. Y por mucho que quisiera, sabía que aunque me volviera a Los Ángeles por un par de días mi padre no solo me prohibiría, sino que me vigilaría las veinticuatro horas para que no se me ocurriera acercarme a Cody... Ojalá pudiera retroceder una semana en el tiempo y disfrutar un poco más de ese sentimiento de calma sabiendo que tu vida está más o menos en orden... y no estar como ahora, donde no solo no podré concentrarme en hacer nada más, sino que seré aún más consciente de que tengo muchos problemas y de que no podré arreglarlos. Eso hace que quiera cambiarme de nacionalidad, de nombre y de vida y empezar de cero... pero, desgraciadamente, eso tampoco puedo hacerlo.

—¿Zoe?

Me perdí en mis pensamientos...

—¿Mmm? —Levanté la vista para mirarla.

—Tu padre vendrá a recogerte dentro de tres días. —Me cogió del brazo y empezó a acompañarme a la puerta.

«¡¿Tres días?!». ¿Esa mujer quería matarme a base de sorpresas o qué? No estaba preparada para asimilarlo todo de golpe.

—¿Y puedo dejar aquí mis pertenencias o me las tengo que llevar? —Tenía miles de preguntas...

—Lo que tú decidas, pero luego tendrás que volver para terminar lo que te queda de curso escolar —dijo con severidad.

—¿Y no hay ninguna manera de poder adelantar el campeonato? Es que no sabe lo mucho que me esforcé... —intenté pelearlo, si existía una posibilidad de no tirar por el retrete todo el esfuerzo de las últimas semanas merecía la pena intentarlo.

—Lo siento muchísimo, Zoe, pero eso será imposible, a tu profesora de ballet tampoco le gustará que te vayas, soy consciente de que eres una de sus mejores alumnas —me recordó, como si yo no lo supiera.

«Como para no serlo... Llevo toda mi vida bailando», pensé.

—Además si tú te vas no solo te pierde a ti, sino que pierde a Zack, tu pareja de baile, que también está en un nivel bastante alto.

—¿Y eso por qué?

No tenía sentido eso que estaba diciendo.

—Bueno, eso ya no puedo decírtelo, Zoe, son temas privados de otros alumnos, pero si hoy tienes alguna clase con él o cuando estés en clase de ballet, por favor, hazme el favor de decirle que necesito hablar con él —añadió por toda explicación.

Asentí confundida con ganas de saber qué pasaba con Zack...

—Otra cosa. ¿Qué haré con mi examen de matemáticas que estaba haciendo ahora? —pregunté con auténtico interés. La campana había sonado mientras estábamos hablando, lo que significaba que la hora de matemáticas ya había terminado.

—Podrás terminarlo mañana. —Me miró seria, igual que como empezamos la conversación—. ¿Alguna pregunta más? —dijo. Claramente no tenía o no quería dedicarme más tiempo.

«Sí... ¿Por qué mi padre se tiene que casar y más con la zorra de Margaret?», pensé para mí. Ojalá que alguien me hubiera podido contestar a esa pregunta...

CAPÍTULO 21

JACQUELINE

Llevaba varios días alojada en la enorme mansión de Maddie, hasta me había hecho amiga de todos sus hermanos, yo era como una hermana más y sus padres me trataban superbién... pero todos sabíamos que no me podía quedar para siempre en el paraíso. A veces me sentía como un lastre, tarde o temprano tendría que volver a mi casa o a alguna de un familiar, ya que seguro que mi madre no me quería ver ni en pintura... Tenía dos opciones: o me quedaba tirada en las sucias y frías calles pidiendò dinero y muriéndome poco a poco, o me iba a vivir yo sola a algún sitio, pero para eso necesitaba dinero y para conseguir dinero necesitaba un trabajo. «A ver, Jacqueline, ¿de qué podrías trabajar?», pensé. «Piensa, piensa», pensé más.

—¿En qué piensas, Jack? —Entró Maddie a la habitación de invitados, que era mi habitación en esa temporada que me estaba quedando en su casa.

—En cómo cojones me voy a largar de aquí.

—¿Tan mal te tratamos? —rio Maddie.

—No —me reí—. Ojalá me pudiera quedar para siempre, pero a tus padres no le hará gracia la idea.

—Jack, sabes que te puedes quedar el tiempo que necesites, ¿verdad? —Asentí levemente con la cabeza en otra parte.

—Oye, ya es tarde y no te voy a agobiar con una maratón de series —rio—. Esta noche seguro que necesitas descansar tú sola... Se te nota. Te dejo tranquila, descansa.

Miré a mi alrededor, observando igual que el primer día la habitación en la que estaba, observándola una vez más antes de irme. Le había cogido más cariño a ese cuarto que al de mi casa. Yo no sabía cuándo me iba ni adónde, puede que ni siquiera supiera lo que tenía que hacer para irme, pero presentía que sería pronto y, por si acaso, quería quedarme con el último recuerdo de donde fui más feliz... Es triste, pero nunca he sido feliz, a lo largo de mi vida he pasado buenos momentos..., momentos increíbles, pero jamás he tenido una felicidad permanente. Nunca me he levantado por la mañana sabiendo que lo tenía todo en la vida, igual que Maddie: Maddie se levantaba por la mañana sabiendo que lo tenía todo... A veces la envidiaba, y no por su mansión ni las cosas materiales, la envidiaba porque ella tenía una familia que la quería, unos padres que la apoyaban en cualquier problema que tuviera... Eso sin mencionar que estaba excesivamente mimada.

Yo, en cambio, me levantaba por la mañana preguntándome cómo sería mi día y cómo podía hacer yo para llevarlo lo mejor posible si algo salía mal. Por eso adopté la personalidad que tengo, para plantarle cara a mi madre, para plantarle cara a los imbéciles de mis compañeros, para plantarle cara a cualquiera que se me cruzara por la calle con intenciones y para plantarle cara a la vida, y fue lo que me llenó de satisfacción: saber que con mi personalidad podía ganarme la amistad de cualquiera porque todos admiraban lo desinhibida y lo sincera que era cuando algo no me agradaba. Yo pensaba que con mi espontaneidad, mi autoestima y mi confianza siempre tendría todo bajo control y siempre sabría lo que tenía que hacer... hasta ese momento, cuando no tenía ni puta idea de lo que hacer. Supongo que esa era una de esas veces en las que la vida me demostraba que no siempre las cosas salen tan bien y que no iba a poder salir de esa como yo siempre pensé que podría. Sentía cómo me asfixiaba..., como si ese cuarto se estuviera encogiendo hasta consumirme, como si los muebles caros pudieran leerme los pensamientos y juzgarme. Tenía que salir de allí aunque no supiera qué hacer —ya pensaría algo—, simplemente para despejarme, pero no podía despejarme sin el apoyo de mi amigo el alcohol, solo sería un poco, tampoco quería gastarle una de las botellas caras al padre de Maddie. Me acerqué a la barra del bar en un reservado que tenía Maddie que estaba en un segundo salón en una zona de la casa y cogí una botella de ron. Salí sigilosamente, sin hacer ruido, pero no por Maddie ni la familia de Maddie, porque en una mansión tan grande no me escucharían jamás: lo que yo intentaba era no despertar a los tres perros que dormían en la entrada de la casa o, mejor dicho, «lobos», porque cada perro era tres veces más grande que yo... A veces me pregunto cómo no le daban miedo esos perros a la hermana más pequeña de Maddie.

Una vez fuera, el frío y la paz de la noche me relajó ese estrés que tanto llevaba acumulando dentro del cuarto. No sabía adónde ir, así que fui a la playa de Venice a sentarme en la arena, escuchar el sonido de las olas rompiendo en la orilla, sentir la brisa fría del mar en mi cara, y el olor a sal y a algas secas que arrastra la marea. La única luz que me llegaba era la de las farolas y los bares que estaban enfrente de la playa, podía escuchar muy a lo lejos la risa de la gente y eso solo consiguió que me sintiera más sola. La cabeza empezó a pesarme y no lo entendí hasta que levanté la botella y vi que me había bebido ya una cuarta parte... Sé que prometí no gastarle la botella, pero es que ese ardor que sentía por la garganta era adictivo. Entonces me sentí culpable, culpable porque aunque prometí no gastarle la botella al padre de Maddie lo estaba haciendo de todas formas, y encima con lo bien que me trataron y me acogieron. Decidí de todos modos salir sin avisarlos, sabiendo que si se enteraban de lo que había hecho se agobiarían porque eran responsables de lo que me ocurriera. Por último, me sentía culpable porque era una copia idéntica de mi madre, a la que tanto he criticado: bebía cuando tenía un problema y trataba mal a los demás cuando me sentía mal. En mi caso, por no admitir que era lesbiana. ¿Qué culpa tenía Marina de mi orientación sexual y cómo el mundo se tomara eso? ¿Por qué tenía que pagarlo con ella? Yo no sé cómo se sentía mi madre cuando me pegaba, pero al menos yo sabía que luego yo siempre me terminaba arrepintiendo. Ahora me sentía muy arrepentida porque, a lo largo de estas semanas, por muy culpable que me haya sentido al ver pasar a Marina por delante de mis narices, no he tenido la puñetera dignidad de pedirle perdón y de demostrarle que estaba arrepentida... Era como una astilla que tenía clavada en el fondo de mi mente y siempre había un problema más grave que la tapara... hasta que ya no se puede retener tanta mierda y termina estallando todo, dejando al descubierto el primerísimo problema que es el origen de mi frustración. Marina era la niña con el corazón más grande que he conocido y sabía que si le pedía perdón me perdonaría, pero eso no era lo que yo quería; en el fondo había una parte de mí que deseaba que no lo hiciera, me llenaría de tranquilidad saber que he hecho lo correcto por una vez en la vida, que le pedí perdón y que ella es lo suficientemente lista como para saber que no me lo merecía. Pulsé su nombre en la lista de contactos de mi móvil y esperé a que lo cogiera...

—¿Jacqueline? —sonaba confundida.

—Marina, yo quería pedirte perdón por todas aquellas veces que quería y no lo hice...

—Jacqueline, ¿de qué hablas? —me cortó—. Perdón... ¿por qué?

«¿Cómo que por qué?». Que me preguntara eso me ponía las cosas más difíciles para expresar mis sentimientos, ya me estaba costando demasiado pedirle perdón... Bueno, y también hablar, sentía que me pesaba la lengua.

—Por haber sido mala persona contigo —dije sin poder aguantarme más las lágrimas y estallando en un llanto dramático.

—Jacqueline... ¿Qué te pasa? ¿Dónde estás?

—En la playa —contesté esta vez yo, confundida sin saber por qué me preguntó dónde estaba.

—¿En qué playa? Supongo que en la de Venice, no te has podido ir muy lejos —pensó en voz alta—. Has bebido, ¿verdad? —Escuché ruido de fondo, pero no ruido de personas sino uno que me indicaba que estaba haciendo cosas.

—No —mentí, y luego me sentí culpable por haber mentido y lloré otra vez—. Es mentira —sollocé.

—Mentira ¿el qué, Jacqueline? No entiendo nada. —Notaba cómo se empezaba a agobiar.

—Mentira lo de que no he bebido. Sí, he bebido —lloriqueé como una niña pequeña—. No sabes lo mal que me siento por dentro, Marina. No quiero hacerte sentir culpable de mis sentimientos, pero siento como una punzada en el pecho que no me deja respirar, y eso se llama arrepentimiento. No quiero sentirme así —lloré a todo pulmón.

—Jacqueline, ¿te quieres sentir mejor?

—Sí —lloré desesperada.

—Te perdonaré solo con una condición. —De repente esa respuesta me pilló por sorpresa, no me la esperaba para nada y esperé con atención a ver qué me decía...—. Te perdonaré si te quedas ahí y me prometes por tu vida que no te moverás de donde estás. Si te mueves, jamás te dirigiré la palabra aunque te me pongas de rodillas. —Nunca en mi vida me imaginé que Marina diría algo así, sonó tan convincente, decidida y autoritaria que asentí confiada olvidándome de que no podía verme la cara.

—Sí, te lo prometo —dije con la voz más calmada... Esa respuesta me dejó bastante tranquila porque si me hubiera perdonado me hubiera sentido mal por haberlo hecho, si no me hubiera perdonado me hubiera sentido dolida por *NO* haberlo hecho... Pero me había dicho que me perdonaría con una condición, cosa que me dejó tranquila porque sonó más convincente de lo que jamás hubiera esperado en ella.

Esperé y esperé, no sé cuánto, pero se me hizo eterna la espera y como no tenía con qué entretenerme decidí probar a ver en cuánto tiempo conseguía terminarme la botella.

CAPÍTULO 22

ZOE

Ese mismo día por la tarde no tenía ni ganas de presentarme a clase de ballet, pero de todas formas lo hice, tenía que hablar con la profesora e informarla y, además, tenía que decirle a Zack que la directora quería hablar con él.

—Buenos días, parejita... ¿Sabes? A veces me pregunto cómo se debería sentir tu novio si me viera tocándote de esta manera.

Zack se me acercó pero le frené:

—Pues a partir de ahora solo podrás tocarme en tus sueños. —Me lanzó esa típica sonrisa lasciva que siempre ponía, pero luego me miró confundido—. Te vas a quedar sin pareja— le dije seria esperando su reacción.

—¿Cómo? —se rio.

—Mi padre se casa justo en la semana del campeonato... —No tenía por qué contárselo pero preferí hacerlo que inventarme una excusa complicada y que me pidiera más explicaciones.

—¿Cómo? ¿Que me dejas solo? ¡¿Cómo coño me haces esto?! ¿Sabes acaso la gravedad del asunto? ¡No puedes, Zoe! —Me acorraló contra una pared, agarrándome de la camiseta con tanta fuerza que casi me alza.

—¿Qué te crees, que yo quiero perderme un campeonato por el que he estado luchando y esforzándome, ensayando horas extras incluso por la noche? —Empecé a llorar y ahí fue cuando se relajó y decidió dejar de acosarme.

—Sabes lo que me pasará ahora, ¿no? Qué coño, no tienes ni puta idea... Ojalá estuvieras en mi lugar.

Me encanta cuando la gente dice «ojalá estuvieras en mi lugar» sin saber cómo me encuentro yo, puede que MI lugar sea peor... pero eso a la gente egoísta le importa una mierda.

—Por cierto, esto no te va a hacer gracia, pero la directora quiere hablar contigo, supongo que tú sabrás por qué razón, a mí no me lo ha dicho. —Ya estaba, recado hecho, información entregada.

—Zoe, ¡si tú te vas, a mí me expulsan!

Nunca le vi así, era la primera vez que le veía en un estado de histeria que hasta a mí me preocupaba... Supongo que hay una primera vez para todo en la vida. De repente lo entendí todo.

—¿Por lo de la droga que te encontraron? —pregunté.

Zack paró de caminar de un sitio a otro y me miró.

—Sí... Por lo de la droga. Me dieron hasta el campeonato y luego me expulsarían, no querían expulsarme antes porque era uno de los mejores... pero, Zoe, si te soy sincero, la única razón por la que quería quedarme en este sitio de mierda era por el maldito campeonato. Si no a mí esto me la suda, no es la primera vez que me expulsan de un sitio. —Puede que Zack fuera un capullo integral, pero ambos compartíamos algo, la pasión por el baile—. Te echaré de menos —me dijo mirándome a los ojos y esta vez sin ninguna sonrisa asquerosa y sin ninguna intención, esta vez me lo decía de verdad..., cosa que me extrañó porque había veces que yo también le sacaba de quicio y lo notaba—. Como pareja de baile, me refiero —dijo soltando una risa, como si me estuviera leyendo la mente... o mis expresiones, a veces los pensamientos se me filtran al exterior y mi cara no puede controlarlos.

—Eras muy buena, tienes que saberlo. Pocas veces he conocido a alguien con un nivel tan alto. Ha sido un placer bailar contigo.

—Igualmente, pienso lo mismo de ti... —Los dos nos volvimos a mirar antes de entrar en la sala de baile para bailar la coreografía por última vez. Zack era un auténtico capullo pero bailar sabía bailar muy bien.

CAPÍTULO 23

ZACK

Al final había pasado lo que tenía que pasar. Ni por un momento me creí que esa bruja interesada estuviera haciéndome un favor al no expulsarme. El favor se lo estaba haciendo a sí misma. No quería quedarse sin una de las dos partes que le hacían falta para poder ser los primeros en la competición. Dios la salve de que este internado del demonio no sea excelente en todo. Y, si tiene que doblegar un poquito el reglamento interno para ello, pues que así sea.

Cuando me pillaron con el paquete, pensé que todo se había acabado, que era el pase definitivo para que me echaran de aquí. Nada que fuera a ser una sorpresa en mi casa; mi padre sencillamente diría que era algo esperable y mi madre que siempre había sabido que algo estaba mal en mí. Pero a veces la vida te da sorpresas y resulta que no me expulsaron. Yo pensaba que por fin las cosas estaban girando a mi favor, pero no.

En el mismo momento que la directora supo que Zoe no iba a estar presente en el campeonato, se acabó mi suerte. Resultaba que yo dependía de Zoe más de lo que sabía, resultaba que si no me habían expulsado era precisamente porque nos necesitaban a los dos para ganar aquella estúpida competición. Y ahora que uno de los dos no iba a estar, ahora que ella no iba a estar, yo volvía a ser prescindible. Y así me lo acababa de hacer saber la directora diez minutos antes, cuando me había llamado a su despacho.

Maldita Zoe, se creía que con su cara de niña buena y su cuerpo entrenado para el ballet era imprescindible. Pues para mí no lo era. Puede que me hubiera interesado un poco al principio, pero como me interesan todas las cosas bonitas, para mirarlas y poder manosearlas un poco si se da la ocasión. Pero no era nada importante para mí. Si creía que su presencia aquí iba a impactar mi vida en algo..., lo llevaba claro. Ahora mismo estaba furioso con ella, por alejarme de la única cosa que realmente me importaba algo: el baile. Si no hubiéramos estado en clase, delante de la profesora y del resto de alumnos, si no hubiera tenido ya suficientes problemas, le habría partido la cara. Porque ya no tenía nada que perder.

Pero, bien pensado, mi venganza ya la había servido bastante antes. Aquella tarde que cogí su teléfono mientras todo el mundo estaba distraído cambiándose de vestuario al terminar la clase. Le había hecho un favor y la había librado de ese estúpido mensaje de su medio novio.

CAPÍTULO 24

JACQUELINE

—Ya estoy aquí.

Vi a Marina sofocada de tanto correr, se sentó agotada a mi lado.

—Has tardado tanto que pensé que se haría de día —dije con todo el esfuerzo del mundo, me costaba poner las palabras en orden y formar una frase coherente y, si lo lograba, después tenía que mover los labios, cosa que era un verdadero reto porque me pesaba todo el cuerpo. La sensación era parecida a como si me levantara por la mañana pesando veinte kilos más, sobre todo la cabeza... La cabeza me estallaba, podía sentir los latidos de mi corazón en ella.

—No he tardado tanto, solo quince minutos y venía corriendo, joder.

Creo que después dijo algo pero no la entendí... La escuchaba pero no la entendía.

—¡¿Jacqueline?... ¿Jacqueline?!

Eso sí que lo entendí, sobre todo porque me gritó en la cara tan fuerte que casi me deja sorda. Luego, con desesperación, se levantó, se sacó el móvil del bolsillo, marcó un número y habló muy preocupada mientras se paseaba de un lado para otro.

—Corran, mi amiga se está desmayando —y luego gritó tan fuerte que seguro que también dejó sordo a quienquiera que le estuviera hablando.

Me retumbaba la cabeza cuando me desperté; de repente vi una tremenda claridad por todas partes, no podía definir las formas de las cosas, pero sí que podía ver blanco por todas partes. ¿Había muerto? Pestañeé un par de veces y solo me pude concentrar en el dolor de cabeza que sentía e inmediatamente me arrepentí de haberme despertado. La habitación era simple y blanca, con un ventanal enorme en la pared de al lado por donde se colaba la luz deslumbrante de por la mañana. No entendía nada, no sabía qué hacía yo en una habitación de hospital ni cómo había llegado allí. Intenté acordarme de la noche anterior pero no se me venía nada a la cabeza, solo dolor. De repente, vi la puerta abrirse despacito, con tanta lentitud que ya me estaba causando intriga saber quién iba a entrar... hasta que la vi y fue ahí cuando lo recordé todo.

«¡Joder!», dije para mis adentros cayendo en la cuenta. Marina entraba con prudencia pero se quedó ahí en la puerta y me ponía de los nervios... ¿Por qué no entraba?

—Pasa, mujer, no te quedes ahí.

—¿Qué tal te encuentras? —me preguntó manteniendo las distancias... Eso me hizo pensar: «¿Qué coño debió de pasar la otra noche?».

—Con dolor de cabeza, no te voy a mentir.

Me observó preocupada.

—Oye, entiendo que estés pasando por un mal momento, Jacqueline, pero tienes que ser consciente de que, si no llego a llamar a la ambulancia a tiempo, no hubieras sobrevivido. Te estaba dando un coma etílico. Por favor, no vuelvas a hacerlo...

—Tampoco me hubiera importado mucho si la llego a palmar —y lo que dije fue con total sinceridad, nunca en mi vida me había sentido tan perdida.

—¡No vuelvas a repetir eso! —me intentó chillar con esa voz dulce que tenía.

—¿Por qué no? —le vacilé a pesar de todo lo que había hecho por mí.

—Porque sería una pena ver morir a una persona inocente que se merece que le pasen cosas buenas en la vida.

—Yo no me merezco nada bueno, Marina, lo que me hicieron en el pasado y lo que estoy pasando yo ahora es un castigo de Dios. No tengo adónde ir, no tengo dinero y tampoco soy tan cruel como yo creía, ya que no quiero causar pena a la gente y que se haga cargo de mí cuando yo no debería causar pena, yo debería causar miedo y respeto, así es como ha sido siempre.

—¿Por qué crees que te está castigando Dios? ¿Qué se supone que has hecho? —me preguntó obviamente, haciéndose la que no sabe... porque, si no, no entiendo por qué *ella* me haría una pregunta así después de todo lo que sufrió por mi culpa.

—He estado maltratando a alguien que no se lo merecía.

—¿A quién más aparte de mí? —dijo irónica y me hizo reír.

—A nadie más...

—Entonces no tienes de qué preocuparte. Yo te perdono.

Dios, es que la envidiaba por ser tan buena...

—No, joder. No puedes perdonarme, yo no me perdonaría.

—Yo tampoco te perdonaría si decides tirar tu vida por la borda bebiendo hasta acabar muerta un día cualquiera. Si recapacitas, estaría orgullosa de ti porque los cambios buenos siempre se valoran.

—¿Sabes? Nunca te lo dije y tampoco me has preguntado pero... yo te pegaba porque me gustabas.

—Creo que me di cuenta —se rio y las dos nos reímos... Todavía me acuerdo cuando le di ese beso sin esperárselo justo después de haberle pegado una paliza.

—Oye, te dejo tranquila, he avisado a Maddie y a su familia, están esperando a que yo salga para entrar. Piensa lo que te he dicho.

Salió cerrando la puerta. Dios mío, ¿qué cojones les iba a decir yo ahora a Maddie y a sus padres? Pensarían que soy una desagradecida.

—¿Jack? —Entró Maddie pero yo me di la vuelta para no verla—. Jack, no te hagas la dormida, que ya sé que has estado hablando con Marina.

Me di la vuelta y me la encontré a ella y a sus padres.

—¡Perdón, perdón, perdón! No volveré a hacer algo así, no sabéis lo mucho que me arrepiento y entiendo que ya no me miréis de la misma forma —solté de golpe sin dejarles hablar.

—Tranquila, Jacqueline, somos conscientes de que lo estás llevando mal y es comprensible, solo queremos ayudarte y que te sientas mejor, y estamos muy agradecidos de que Marina hubiera estado ahí para salvarte de algo que puede que hubiera acabado muy mal —me dijo la madre con una sonrisa y sabía que no me estaba mintiendo. En ese momento fue cuando me di cuenta de lo estúpida que fui, había gente que realmente se preocupaba por mí, y aunque no tuviera el apoyo de mi madre, no cambiaba nada mi vida, ya que nunca lo tuve. Sabía que tenía que hacer algo para salir adelante, ya que si me comparaba a mí misma ahora con mi pasado, estaba mil veces peor antes viviendo con la bruja borracha que solo me juzgaba y me pegaba. Ahora era libre y tenía la oportunidad de rehacer mi vida... Solo que hasta ahora no me di cuenta.

CAPÍTULO 25

CODY

Estaba agobiadísimo, no podía más. Ese maldito vendaje se lo había cargado todo. No solo se había cargado el último partido, el partido amistoso, el broche de oro a una temporada perfecta. También se había cargado mi oportunidad para hablar con Zoe. En el fondo era culpa mía y lo sabía. Ahora estaba de vuelta en casa, hasta arriba de calmantes para el dolor y una sensación rara de no tener conciencia de qué hora o qué día era. Si me hubiera preguntado alguien, no habría sabido decirle si acababan de pasar cinco minutos o cinco semanas.

Intenté incorporarme un poco en la cama, me picaba todo el cuerpo de estar estirado. Volví a echarle un vistazo a la pierna. El vendaje era bastante aparatoso, debía ser una buena lesión pero no podía saber la gravedad del asunto porque todo el mundo, médicos incluidos, habían decidido hacer un pacto de silencio a mi alrededor y no contarme nada. No querían que me preocupara por si aquello iba a terminar o no con mi carrera de deportista, no querían que pensara en la lesión en términos de futuro, en si iba a poder dedicarme profesionalmente al deporte como había soñado toda mi vida o si ya me podía ir buscando otra vocación... No tenía que pensar ahora en eso, me decían, ahora era el momento de pensar únicamente en portarse bien y recuperarse.

Menuda estrategia tan absurda para conseguir que alguien no piense en algo, prohibírselo. ¿No sabían acaso que cuánto más te dices a ti mismo que no tienes que pensar en algo, más presente lo tienes? ¿No sabían acaso que cuanto más te prohíben algo, más ganas te dan de tenerlo?

Miré la pantalla de mi teléfono, estaba apagada, seguramente no lo había cargado nadie desde el accidente y el cargador debía estar todavía en mi equipaje. Supongo que habían avisado a mis amigos de lo que me había pasado pero no se les había ocurrido pensar que yo también podía querer comunicarme.

A nadie se le había ocurrido pensar que yo tenía una conversación pendiente con alguien, que había unas palabras que se me habían quedado atravesadas en la garganta y que esperaba poder sacar después del partido. Pero no hubo después del partido. O al menos no lo hubo como yo pensaba. Porque cuando me giré hacia la grada esperando verla, cuando me giré hacia la grada buscando la única mirada que me importaba en el mundo, ahora me daba cuenta, entonces todo se volvió negro.

Cuando me giré para buscar a Zoe, me distraje del partido. Y cuando mi cabeza estaba en otra parte fue cuando todo se torció para mí.

CAPÍTULO 26

ZOE

Ese día me desperté en mi cama. ¡Cómo la había echado de menos! Despertarme allí fue la mejor sensación del mundo después de haberme acostumbrado a la cama incómoda del internado. Lo único malo era que ese día tocaba «día de compras con Margaret». Es que solo de pensarlo me apetecía dormir toda mi vida en una cama incómoda, lo prefería a tener que pasar el día entero con Margaret...

—¡Zoe, venga! Vístete ya y deja de hacer esperar a Margaret —chilló mi padre desde abajo. Escuchar de nuevo su voz me traía recuerdos desagradables, pero más desagradable era la simple mención de Margaret. Bajé con cara de mala leche a desayunar.

—¿Por qué me habéis tenido que despertar a mí tan temprano y a Max le dejáis dormir hasta que deje un hoyo en el colchón?

—Porque Max ya tiene su traje para la boda —respondió mi padre.

—¿Qué pasa conmigo? —Max bajó todo despeinado recién levantado; el cabrón estaba guapo hasta por la mañana, ahora entendía por qué todas las chicas babeaban por él.

—Papá, ¿entonces puedo llevar a un amigo? —dijo Max. Algo me decía que aquella conversación ya la habían tenido antes.

—A quien quieras que no sea tu amiguito Cody. —Al escuchar su nombre mi cuerpo se tensó, pero intenté disimularlo.

—¿Por qué? —se quejó de una manera como si esa conversación ya la hubieran tenido más veces... Creo que estaba en lo cierto.

—Porque no quiero que tu hermana se acerque a él. Y no hay más que hablar, ya lo hemos dialogado muchas veces, no hagas que me arrepienta de hacer algo que te pueda perjudicar en el futuro —le amenazó mi padre.

—Si el problema es por mí no importa, yo me sacrifico y no voy —dije mirando para abajo, a mis cereales, porque sabía que si lo decía mirando para mi padre no saldría viva de esa casa.

—Tú irás, quieras o no, y ahora ve a cambiarte rápido,

tienes que ir y encontrar un vestido. —Solo mi padre y Margaret podían hacer sonar un día de compras como una auténtica tortura.

—Mejor subo yo con ella, así no se entretiene —dijo Margaret. Madre mía, ni un segundo me iba a dejar sola, no le bastaba con hacerme sufrir todo el día con ella.

—Espero que os lo paséis bien —dijo Max soltando una leve risita sabiendo lo mucho que yo odiaba esa situación.

Fuimos en el coche de Margaret y la verdad es que era bastante cómodo y tenía un ambientador de frutos silvestres que olía bastante bien.

—Vale, Zoe, blanco no puedes llevar, pero quitando ese ¿con qué colores te ves? —Esa actitud de buena la odiaba. Luego por detrás era lo peor: su egocentrismo, su entrometimiento... Espero que se divorcien rápido o que vivan sin estorbar con otro hijo más, porque ella es joven pero mi padre ya había tenido dos hijos, y dejó bastante claro que no quería tener más... Así que el cabreo que cogería si me entero de que Margaret está embarazada será tan grande que me iré a la otra punta del país a vivir para el resto de mi vida y no pensaría en conocer a mi hermano, ya que no lo consideraría como tal.

—¿Zoe? ¿En qué piensas? Estás en las nubes, jovencita. ¿Has decidido el color? ¿En qué piensas? ¿Que estás enamorada? —Supongo que lo decía al azar, pero no era consciente de lo que estaba diciendo.

Evidentemente no contesté, no quería una salida de chicas con ella y contarnos nuestras cosas, no quería tener ningún tipo de relación amistosa.

—Ya verás cuando te cases... —dijo como si a mí me fuera a importar un bledo cómo ella se sintiera—. Ahí sí que estarás en las nubes el día antes, bueno, y muriéndote de nervios.

—Puede que tú te estés muriendo de nervios, pero mi padre no lo estará, él ya se ha casado antes... Obvio, porque es más viejo que tú. Hazme caso, seguro que ahora está viendo el fútbol con Max. Y vete olvidando de una luna de miel llena de aventuras y visitar sitios, mi padre ya no está para esas chorradas. Sinceramente no sé ni por qué te pidió matrimonio... —lo solté todo de golpe y sin poder controlarme. En la última frase creo que me pasé... pero ya era demasiado tarde para retirarlo.

Tenía que controlarme si no quería enfurecer a mi padre, él ya no sabía adónde narices me iba a enviar, el próximo paso sería la adopción.

—Zoe, yo sé que no te caigo muy bien y que te molesta que tu padre y yo ahora seamos un matrimonio. Pero no puedes actuar como una niña pequeña y mimada, tendrás que superarlo, cuanto antes te hagas a la idea, mejor. —Y después giró la cara para que no le pudiera contestar.

¿Mimada yo? Mimada estaba ella con el dinero de mi padre.

Fuimos a miles de tiendas, a las más caras, recorrimos todo el bulevar. Se acercaba la hora de almorzar y todavía no tenía claro lo que quería llevar ni había nada que me gustara, y eso que habíamos visto decenas de vestidos.

—Dios, Zoe, qué difícil es ir de compras contigo —dijo Margaret agotada sentándose enfrente de mí, habíamos parado para comer en un restaurante del centro. En el fondo, pero solo muy en el fondo..., me daba un poquito de pena porque yo sí que era una persona difícil para las compras y ella se había comportado más o menos bien conmigo ese día. Pero también disfrutaba viéndola sufrir un poco. Comimos rápido y nos pusimos a buscar otra vez. Sonó el teléfono de Margaret.

—Espera, es tu padre. Está preocupado por lo mucho que estamos tardando. —Empezó a hablar por teléfono y yo me desvié de allí. Algo captó mi atención... Era un vestido simple pero precioso.

Era celeste, corto, con fruncido a los lados, con tirantes finitos y de seda. Me estaba poniendo nerviosa porque justo en ese momento entraron otras dos chicas que también se habían fijado en el vestido.

—Margaret —intenté llamarla, pero estaba demasiado ocupada hablando con el hombre con el que se iba a casar. ¿Tan importante era hablarle ahora? Ya tendrían toda una vida para hablar.

—Vale, está bien. Tengo que dejarte, que me está llamando Zoe —empezó a decir mientras se acercaba a donde yo estaba.

¡Por fin, madre mía!

—Yo te quiero más... No, cuelga tú. —Todavía no había colgado. Ay, por Dios, qué asco. ¿Era necesario decirse tanto «te quiero»? No sé de dónde saqué el coraje de hacer algo así, pero debía de estar ya hasta el moño. Le arrebaté el móvil a Margaret de un manotazo.

—Cuelgo yo. —Y le colgué sin titubear.

—¿Estás bien de la cabeza? —me gritó Margaret indignada, a veces pensaba que su actitud era demasiado juvenil para mi padre.

—Las dos queremos lo mismo, ¿no? —dije mirándola a los ojos.

—¿El qué? ¿Llevarnos bien? —dijo. Y tengo que admitir que ahí tuvo mucha gracia.

—Eso también —me reí—, pero las dos queremos salir de aquí cuanto antes, ¿no? —dije mientras señalaba el vestido que había escogido.

—Zoe, ¿y esas prisas de repente? —Realmente sí que tenía prisas, estaba acelerada y lo notaba.

—Encontré un vestido que me gusta, y posiblemente sea el único que me gusta de todo este centro y de todo Los Ángeles, y acaban de entrar dos amigas a probarse el vestido. Y que conste que no te estoy amenazando ni nada, simplemente te cuento lo que sucedería si esas dos chicas se lo llevan: iré a la boda en pijama porque por mucho que nos pongamos a buscar solo me gusta ese —dije de corrido sin coger aire ni una sola vez.

—Dios, está bien —suspiró Margaret y ambas entramos en la tienda.

—¡Mierda, no está...! —Empecé a entrar en pánico al no ver el vestido colgado en su percha ni a las dos chicas en la tienda.

—Zoe... —me dijo Margaret con tono de «tardaremos menos si nos ponemos a buscar otra cosa».

—Espera —la frené y caminé decidida al mostrador.

—Perdone, ¿le queda otro vestido de seda celeste como el que estaba en el escaparate?

—No, cielo, lo siento. Ese vestido se lo está probando una chica en el probador. —Me giré y vi a su amiga que la esperaba fuera y me saludó incómoda. Ni cuenta me había dado de que estaba allí su amiga. ¿Cómo pude estar tan desesperada que se me nubló la visión de esa forma?

—Zoe, cielo, se lo está probando la chica, lo más posible es que se lo lleve ella.

—Tranquila, Margaret, aún tenemos esperanzas —le susurré.

—Zoe, solo hay que observar cómo va vestida su amiga, está claro que tienen dinero. No temblarán al pagarlo.

—¿De qué talla era el vestido? —Me giré y pregunté sin vergüenza.

—La S —respondieron la dependienta y su amiga a la vez.

—Es mi talla —susurré con cabreo.

La chica salió con el vestido en la mano.

—Me entra pero me está muy corto, no me queda bien —le dijo a su amiga con vergüenza, todas estábamos mirándola. La chica tenía un cuerpo de escándalo, podría ser modelo si ella quisiera, mediría más o menos un metro setenta y tenía unas curvas perfectas, encima era guapísima de cara. «Qué pena por ti, ahora es mío», pensé en mi cabeza con risa malvada. La chica me entregó el vestido en la mano con una sonrisa triste y se fue. Yo entré flechada al probador y me quité toda la ropa corriendo, me lo puse con cuidado y salí afuera a pedirle a Margaret que me lo abrochara por atrás.

—Madre mía, Zoe, qué guapa que estás —exclamó Margaret sorprendida, y sabía que no me mentía porque la dependienta también exclamó cuando me vio.

Me observé en el espejo. El vestido se ajustaba a mis curvas perfectamente y me llegaba por la altura de los muslos; si a mí ya me quedaba por la medida justa, a la chica debía de llegarle por el ombligo...

No podía apartar la vista del espejo, me veía tan bien que parecía otra en vez de yo.

—Ya está, nos lo llevamos —dijo Margaret sacando su cartera para pagar. No me iba a comprar zapatos porque Margaret dijo que ella me prestaría un par de tacones en plata.

—Mira este precio —dije mirando la etiqueta y exclamé sin poder evitarlo—: Dios, Margaret...

—Zoe, no te preocupes, tenemos más que suficiente. —Ya se le notaban las ganas que tenía de irse.

De camino en el coche fantaseaba con la idea de que mi padre pudiera cambiar de opinión y dejar que Max llevará a Cody a la boda. Me hubiera encantado que me pudiera ver con el vestido puesto... Así sí que me entraban ganas de ir a la boda, hasta me levantaría emocionada y haría el esfuerzo por arreglarme, pero con un vestido tan bonito y a nadie a quien enseñárselo era un poco triste.

—¿Qué tal el día de compras? —dijo mi padre con una cerveza en la mano y viendo la tele en el salón con Max.

Es que no me hacía falta ser adivina cuando conocía tan bien las situaciones que estaba acostumbrada a vivir día a día. Miré a Margaret con cara de «te lo dije».

—Bien, Zoe se ha comprado un precioso vestido —dijo ella alegremente y si se dio cuenta de que yo llevaba razón respecto a lo del fútbol no me dio ninguna muestra.

—¿En serio? —Mi padre y Max se dieron la vuelta mostrando interés, cosa que me sorprendió, y bastante.

—Mmm... Sí. ¿Queréis verlo en serio? —preguntó Margaret tan sorprendida como yo.

—Sí, claro —dijo Max. Seguro que llevaban demasiado tiempo viendo la tele y querían socializar un poco.

Subí arriba a cambiarme y bajé para que Margaret me pudiera abrochar la cremallera. Cuando lo hizo di un paso para delante para que me vieran bien. A los dos se les desencajó la mandíbula... Sabía que me quedaba bien, pero no sabía que fuera para tanto. Ese fue el mejor halago que podrían haberme hecho, el más sincero. Me emocioné un poco de más y empecé a dar vueltas y a caminar para que me vieran bien.

—Zoe, estás impresionante. Le vas a hacer sombra a todos los invitados —dijo Max y yo me sonrojé con alegría.

—Espero que no me haga sombra a mí —rio Margaret pero no sabíamos cómo contestarle a eso, obviamente era la novia y ese comentario sobraba, pero Margaret por naturaleza no podía parar de llamar la atención.

Intenté desviar la atención. Había algo que me rondaba la cabeza, quería hablar con Max a solas, pero no sabía cómo hacerlo.

—Max, ¿me acompañas arriba?

—¿Para? —Sabía que sería difícil.

—Ven, te quiero enseñar dos pendientes que me quiero poner mañana y necesito que me ayudes a elegir. —La excusa sonaba inverosímil.

—Zoe, ¿y yo qué coño sé? —se quejó, pero empezó a subir las escaleras.

—Dios, ojalá hubiera tenido una hermana —disimulé y, por fortuna, aunque fue arriesgado, me salió bien.

—Max, anda, ve y acompaña a tu hermana —dijo mi padre inocente, sin sospechar nada. Max se arrastró por las escaleras arriba como un niño pequeño quejicoso. Cuando llegamos arriba cerré la puerta detrás de nosotros por si acaso.

—Zoe, ¿desde cuándo te emociona todo esto de la boda? —preguntó él, también bastante ingenuo de no haber pillado mi indirecta.

—Desde que tenías pensado invitar a Cody —dije seria yendo al grano.

—Ah, joder, era por eso. Ya decía yo que lo de los pendientes era demasiado raro... —Se sentó en mi cama soltando un suspiro.

—Zoe, no sé quién de los dos tiene más ganas de que vaya, porque te aseguro que con todo esto de la liga no he podido ir a verle ni una sola vez —se quejó.

«A mí me lo vas a contar...», pensé para mí.

—No sabes cómo te entiendo —le dije— y por eso, como ya hemos hecho otras veces, tenemos que ayudarnos como hermanos porque ambos queremos que vaya.

—Zoe, eres consciente de que si va estará conmigo, ¿verdad? —dijo con cara de pillo.

—No me importa en absoluto —le dije con ímpetu—. Yo solo quiero que me vea con el vestido —confesé lo más sincera que pude.

Max soltó una carcajada que me sacó una sonrisa. Mi plan era muy claro.

—Dios, cómo sois las mujeres... —Negaba con la cabeza mientras se reía.

—Está bien. Intentaré, como hijo favorito, convencer a papá de que solo estará conmigo y que necesito verle, y para darle pena le sacaré el tema del esguince —dijo—. Le diré que poco podrá escaparse contigo si apenas puede andar. —Empecé a saltar de la alegría sin poder controlarme.

—Gracias, Max, te quiero, te quiero, te quiero. —Empecé a darle besos por todos lados.

—Frena el carro y no cantes victoria tan rápido —dijo echándome para atrás cortándome el rollo—. Por mi parte tendrás el apoyo garantizado, pero ahora hay que rezar para convencer a papá, que ambos sabemos que no es fácil y más cuando se trata de Cody. —Asentí escuchándole.

—Así que solo te digo que lo tengas en cuenta. —Se levantó para irse, pero le retuve por el brazo.

—Por si acaso no puedo ir a verle mañana, quisiera poder verle hoy...

—¿A mí qué me cuentas? ¿Tengo yo cara de tomar las decisiones en esta casa acaso? —Estaba claro que no, que ese era mi padre, no él.

Me reí.

—No... No es eso... Es... Mmm... Ya buscaré una excusa. Me refería a si sabías si él ahora está en su casa —pregunté tímidamente.

—Por lo que sé es que sí, ha habido gente que le ha ido a visitar y eso, está en reposo. Ve a verle, Zoe, creo que también deberías hacerlo —me dijo.

—No entiendes qué es lo que más quiero: ir, pero ambos sabemos que no voy a poder si le digo eso a papá.

—Ya... —dijo Max pensando—. Dile que vas a ver a tu amiga Marina, que llevas tiempo sin verla y que antes de irte otra vez para el internado te gustaría quedar con ella hoy.

Era muy buena idea pero sería volver a repetir los mismos errores del pasado: mentir.

—Sabes que las mentiras con papá nunca salieron bien —le dije, pero en realidad solo estaba pensando en voz alta.

—¿Encima te vas a poner exquisita? Zoe, ¿qué coño quieres? No tienes otra opción aparte de la mentira, esa o escaparte. Y yo preferiría la primera, ya que si lo haces bien puede que no se dé cuenta.

—¿Y cómo lo hago? —pregunté nerviosa, con el corazón a mil.

—El truco está en decirle directamente lo que vas a hacer y no pedirle permiso, o sea, que te vea segura, porque si te ve nerviosa sabrá que estás tramando algo.

Asentí.

—Gracias, en serio, Max —le dije sinceramente.

Mi hermano asintió y se fue. Me cambié, guardé el vestido y bajé con el corazón hecho un nudo. Tenía que hacer la mejor interpretación de mi vida.

—Papá, me voy a casa de Marina, que no la veo hace un montón y no quiero marcharme sin haberla visto, volveré sobre las once. Me llevo el móvil por si quieres llamarme —dije con una sonrisa, aunque por dentro estaba que se me iba a salir el corazón por la boca.

—Vale, está bien. ¿Puedo confiar en ti? —dijo un poco dudoso.

—Sí, sí, claro. Cualquier cosa me llamas.

—Pásatelo bien —dijo todavía con un tono dubitativo pero confiando en mí.

Max asintió desde lejos cómplice y luego me marché. En el fondo me sentía un poco mala amiga por no ir a ver a Marina de verdad, ni sabía nada de ella, pero la falta que me hacía ver a Cody pudo más que las ganas de ir a ver a mis amigas. Estaba muy ansiosa e intranquila. El corazón me botaba en el pecho sin control... No tenía ni idea de lo que decirle cuando fuera a verle.

Cuando llegué a su casa me abrió la puerta su padre.

—¡Anda! ¡Qué sorpresa, mira a quién tenemos aquí! ¿Cómo te va todo, Zoe? —dijo mirándome de arriba abajo con una sonrisa; de repente, al escuchar mi nombre, Cody salió al salón a ver qué estaba pasando. Cuando le vi, se me cortó la respiración y ya no podía concentrarme en nada más.

—Hola, señor White, venía a ver cómo estaba Cody del esguince —dije mirando a Cody.

—Claro, yo iba a salir ahora a una reunión, pero pasa, quédate el tiempo que quieras —me dijo apartándose de la entrada para que pudiera pasar.

Me dio un poco de envidia. ¿Por qué mi padre no podía ser así? Cuando entré en la casa me recorrió un sentimiento de nostalgia por todo el cuerpo, recordando la primera vez que estuve allí, todavía podía visualizarla llena de gente...

—Bueno, me voy, volveré tarde, así que ya sabes, tienes comida en la nevera —dijo el señor White mirando a Cody. Luego se marchó.

Cuando cerró la puerta y nos quedamos los dos solos, se podía respirar la tensión sexual que había en el ambiente. No sabíamos qué decir ni cómo empezar, pero era adictivo mirarse intensamente sin apartar la mirada.

—Mañana es la boda de mi padre —dije rompiendo el hielo.

—Ya lo sé. Max quería que fuera y me habló sobre ello, pero no creo que a tu padre le haga muy feliz mi presencia en un día tan importante para él —dijo. Y yo solo podía pensar que no me importaba lo más mínimo lo que dijera mi padre: yo lo que quería era poder estar con él todo el tiempo que iba a estar en Los Ángeles, porque los dos sabíamos que pronto tendríamos que volver a separarnos.

—Ya. Max y yo ya hemos hablado de eso. Hemos quedado en que va a intentar convencerle porque ambos queremos que tú vayas —le dije, en lugar de decirle lo que en realidad quería decirle. ¿Qué diablos me pasaba cuando estaba cerca de él, que me bloqueaba, que me callaba todo?

—Ya veremos qué pasa... Oye, ¿te importa que vayamos arriba...? Me duele —dijo señalando la pierna.

—No, no, para nada —le corté y subimos a su habitación. Allí tenía una especie de puf colocado al lado de la cama para poder tener la pierna en alto.

Le echaba de menos, una vez que probé de su contacto ya era imposible que no fantaseara con eso a diario, me hacía falta besarle, tocarle y sentirle. Pero era consciente de que cuando nos vimos en el internado la situación ya estaba fría y ahora la distancia se había apoderado de ambos y nos movíamos como extraños el uno alrededor del otro. Tenía que volver a coger esa confianza...

—Maddie vino a verme hace un par de horas —me dijo, supongo que para romper el hielo. Yo me puse rígida mientras intentaba disimular la aceleración de mi respiración.

—No ha ido la única, ha venido a verme mucha gente —dijo leyéndome el pensamiento.

—¿Y? ¿De qué hablasteis? —dije, y me daba miedo lo que fuera a decirme, siendo sincera.

—Bueno, primero pensé que venía a verme porque realmente le importaba, pero luego corriendo me sacó el tema de que me había puesto los cuernos con Matthias, que realmente me importa bien poco porque ya no estábamos juntos y ya me traicionó antes con mi mejor amigo, o sea, tu hermano —dijo mirándome y yo también puse una mala cara porque fue una etapa horrible para mí también que Maddie le estuviera comiendo la cabeza a Max—, y luego tuvo el descaro de decirme que el único que se le pasa por la cabeza en todo momento soy yo —dijo soltando una leve risa.

—¿Y tú qué le dijiste? —pregunté y me temblaba la voz mientras lo hacía.

—Nada, solo la verdad. Le dije que ella a mí nunca se me pasó por la cabeza; es más, ni siquiera en ese momento le estaba prestando del todo atención porque tenía cosas más importantes en mente, y luego se marchó ofendida como siempre. Ya está, poco más —dijo restándole importancia y me quedé tranquila.

Luego intentó acomodarse mejor en la cama, pero se le resbaló la mano con el edredón y se cayó un poco hacia atrás. Me acerqué y le saqué el almohadón de debajo de la espalda, quería colocárselo bien. En aquella postura estábamos muy cerca, nuestras cabezas estaban muy próximas y podía notar su respiración, nuestros labios estaban separados por apenas unos centímetros y no pude evitar fijarme en ellos. En esa boca preciosa. En esos labios carnosos en los que me había perdido y me gustaría volver a perderme. Me retiré rápidamente una vez que había colocado bien la almohada. Le coloqué bien la pierna, de modo que la tuviera estirada, y volví a sentarme. Pero esta vez no me senté frente a él, sino a su lado en la cama.

Nos quedamos en silencio mirándonos y mi corazón palpitaba con rapidez de las ganas que tenía de él...

—¿Cómo te encuentras? —dije mirándole el tobillo.

—Mejor, ya puedo caminar pero a un ritmo lento. —Asentí y nos volvimos a quedar en silencio.

Los dos cogimos aire para hablar pero yo fui más rápida y me callé antes.

—Zoe —dijo con otro tono de voz más grave e intenso, uno que me provocó un escalofrío.

—¿Sí? —pregunté notando cómo empezaba a sudar de los nervios.

—Gracias por venir, necesitaba verte —dijo acercándose y yo no sabía qué contestar, me quedé sin voz... Decidí hacer eso que tanto quería desde que llegué y no dar más vueltas. Le acaricié la cara con cariño y le besé, me maldije a mí misma por haberle besado con tanta desesperación... Pero él lo notó, y en vez de apartarse como pensé que haría, me devolvió el beso con la misma intensidad.

Me mordió el labio inferior mientras se pegaba a mí y me rodeaba el cuerpo con sus brazos. Intentaba controlar los latidos fuertes de mi corazón para que no lo notara, pero él lo notaba todo... todo, notaba mi respiración acelerada, mi corazón a mil, mis ansias de él... y en vez de apartarse me demostró que tenía las mismas ganas que yo. Eso consiguió volverme aún más loca.

—Eres lo único que me hace feliz, Zoe —me susurró en el oído y sin saber cómo mi cuerpo tomó la iniciativa por mí. Me estiré y apagué la luz del techo y encendí la de la mesilla de noche; eso a Cody le hizo gracia pero no paró de besarme, noté su risa en mis labios y me excitó más.

—Quiero hacerte feliz siempre —le dije cerca del oído mientras le llenaba de besos por el cuello y enredaba mis dedos en su pelo rizado.

—Me pongo feliz con solo escuchar tu nombre —dijo acariciándome por debajo de la camiseta y al notar sus dedos en mi piel me llegó un flashback de cuando estábamos en la cocina y era una de las primeras veces que nos enrollábamos.

—Dios, cómo necesitaba esto otra vez —dijo con los ojos cerrados mientras disfrutaba acariciándome la espalda, la barriga y poco a poco subiendo a mis pechos.

—Yo también lo necesitaba —susurré de placer.

—No puedo creer que estés aquí y te pueda hacer lo que quiera sin interrupciones —confesó, yo tampoco podía creerlo.

Parecía imposible imaginar que por fin Cody y yo tuviéramos un momento de intimidad para nosotros solos.

—Ojalá fuera siempre así —dije con un tono triste sabiendo que mientras mi padre siguiera vivo tendríamos que buscar maneras de vernos a escondidas. De repente dejó de acariciarme y me miró fijamente.

—Zoe, haré lo que tenga que hacer. Jamás sentí esto por nadie. —Luego me besó con pasión y yo casi me derrito. Empezó a acelerar sus caricias y pegarme cada vez más a él—. Zoe... —Noté su aliento en mi cara.

—¿Sí...? —En ese punto, los dos estábamos con la respiración acelerada. Miró hacia abajo a mi camiseta y luego volvió a mirarme a los ojos... Con eso ya lo entendí todo. Asentí levemente y muy despacito me fue subiendo la camiseta rozando sus dedos por los costados de mi piel, poniéndome la piel de gallina. Me sacó la camiseta por la cabeza y mi instinto fue taparme con los brazos mi cuerpo desnudo. Se me acercó pero le hice una pequeña cobra.

—Tranquila, Zoe, no tengas vergüenza... Yo también estoy nervioso aunque no lo parezca.

Poco a poco fui cediendo a dejar que me abrazara, pero ambos sabíamos que no bastaba así...

—Quiero estar contigo, Zoe. Quiero notar el tacto de tu piel y sentirte sin nada —me susurró en el oído y se quitó la camiseta con un movimiento tan rápido y tan sexi que me sacó una sonrisa pícara. Tenía un cuerpo de modelo de anuncio de perfumes. Estaba marcado e increíblemente bueno...

De repente sentí celos porque yo sabía que Cody ya había tenido relaciones antes y ese solo pensamiento me revolvió el estómago. Me levantó la barbilla para que le mirara a los ojos.

—Hey, ¿qué te pasa?

Me daba mucha vergüenza tener que decirle lo que se me pasaba por la cabeza...

—Es que... me da rabia que..., ya sabes, alguien te haya tocado antes que yo —dije con la boca pequeña. Y soltó una risa que me causó mariposas en el estómago.

—Zoe, olvida el pasado. —Al escuchar esas palabras mi pecho se llenó de amor—. Ahora estamos juntos —me dijo echándome el aliento en el cuello y pegándose a mí tanto que noté su piel caliente abrazándome... y me dieron ganas de más, quería sentirle más.

—¿Puedo? —me preguntó en un tono suave mientras sus dedos rozaron el broche de mi sujetador... De repente la temperatura subió y la ropa empezaba a molestar. Asentí levemente animándole a seguir. Con delicadeza me quitó el sujetador y lo apartó, dejando mis pechos desnudos a su visión. Su respiración empezó a agitarse mientras me miraba los pechos y sentí un fuerte cosquilleo. Lentamente me acarició con dulzura y luego me besó. Escuché unas vibraciones intensas que se interponían en medio del silencio y yo, y era raro porque tuve que pararme a pensar de dónde podían venir, puesto que no las sentía dentro de mí, no me di cuenta hasta después de un rato de que eran los latidos de su alocado corazón. Coloqué mi mano en su pecho para sentirlo.

—No voy a aguantar mucho más tiempo con la ropa puesta contigo al lado, Zoe. Quiero acariciar tu blanca, caliente y suave piel con mis labios —dijo poniendo una mano en mi espalda y arrimándome a él—. ¿Te gusta, pequeña? —me susurró en el oído provocándome unas cosquillas en el cuello—. Siente esto —me dijo tumbándose encima de mí rozándose en mi entrepierna. Mi respiración empezó a acelerarse a un ritmo incontrolable y notaba cómo empezaba a excitarme.

—No me hagas esto —jadeé.

—¿Qué te pasa, Zoe? ¿Te gusta? —me susurró en el oído provocándome unas cosquillas en el cuello.

—Sí —respiré con desesperación.

—¿Mucho? —me tentó mordiéndome el cuello.

—Sí —jadeé sin poder controlarme.

—Dios... Eso hace que quiera sentir tu piel sobre la mía.

—Porfa —le supliqué y sentí cómo se excitaba. Me encantaba cuando conseguía excitarle.

Se quitó los calzoncillos y nos tapó a los dos con las sábanas. Ahora podía sentir su piel caliente encima de la mía y eso me volvía loca.

—Quiero hacerte mil cosas que se me pasan por la cabeza —jadeó echándome el aliento en la boca.

—Hazme lo que quieras, soy tuya —suspiré de deseo.

—Dios, repítelo, por favor. —Me quedé callada respirando fuerte cuando le sentí acariciarme en la entrepierna—. Repítelo, Zoe, por favor.

—Soy tuya, Cody, solo tuya —jadeé de placer.

Cody bajó lentamente y muy despacito empezó besándome y mordisqueándome los muslos. Me agarré fuerte a las sábanas intentando controlar los gemidos que me pedían salir a gritos. De repente, dejó de hacer lo que estaba haciendo y se puso lo más cerca posible sin tocarme y empezó a respirar profundamente hasta poder notar su respiración hacerme cosquillas en la piel.

—Cody, por favor, no te alejes —le rogué, y él me obedeció. Me empezó a masajear y a besar.

—¿Te gusta, pequeña? —me preguntó cuando me oyó gemir y luego sentí cómo succionaba mi suave y sensible piel dejándome varios chupetones.

Cuando acabó, volvió a subir y me miró a los ojos rebosante de deseo. Tenía los labios hinchados y ligeramente sonrosados, provocándome ganas de besarle.

—Quiero que cada vez que bajes tu mirada y veas las marcas que te he dejado te acuerdes de mí —me susurró al oído de una forma demasiado sensual, haciendo que me derritiera por dentro—. Quiero estar dentro de ti, Zoe —me dijo con ansias, pero sin hacer nada hasta que yo no le diera permiso.

—Hazlo, hazlo, por favor. —Con toda la delicadeza del mundo me abrió las piernas con cuidado y le sentí dentro de mí.

—Dios, quiero gritar —jadeé de placer.

—Aguanta, no vaya a ser que venga mi padre en cualquier momento y nos escuche. Tenemos que aguantar, Zoe —dijo apretando fuerte y vi cómo se le caía una gota de sudor por el cuello haciéndole mil veces más sexi. De repente, la sensación pasó de placer a un poco de dolor incómodo; encogí mis piernas, pero al mismo tiempo no quería parar.

—Me duele, pero no quiero que pares —gemí y Cody ralentizó el ritmo y empezó a besarme el cuello. Noté cómo cada vez nos íbamos excitando más por la forma en la que me chupaba, mordía y succionaba mi cuello con ganas.

—Zoe —jadeó fuerte—. No aguanto más, voy a terminar.

Rodeé mis piernas alrededor de sus caderas empujándole

más dentro de mí... hasta que lo sentí. Cody soltó un suspiro de placer mientras nos abrazábamos con fuerza.

Fue intenso y precioso, al terminar nos quedamos un rato respirando fuerte intentando recuperar el aliento hasta que de pronto dijo:

—¡Mierda!

—¿Qué? ¿Qué pasa? —Me incorporé y quedamos los dos sentados.

—Joder, Zoe, qué imbéciles hemos sido. ¡No hemos usado protección!

—¡Mierda, es verdad...!

—Joder, joder, joder —dijo tirándose del pelo desesperado.

—Hey, tranquilo.

Me apartó la mano de un manotazo.

—¡No me toques!

Mi corazón se encogió cuando me habló de esa manera. Admito que ambos teníamos culpa, pero lo hecho hecho estaba, no era una excusa para tratarme con desprecio después de haberme entregado a él.

—Es mejor que te vayas —me dijo sin mirarme a la cara y me dolió en el alma, no podía irme estando peleados, no después de haber compartido el momento más íntimo.

—Cody, mírame —le pedí con dolor en la garganta.

—Vete. —Se dio la vuelta sentándose en el filo de la cama y supe que si me acercaba las cosas iban a terminar peor. Además, en cualquier momento iba a llegar su padre.

Me vestí, le di un besito en la mejilla y me largué con esperanzas de que al día siguiente se le pasara el cabreo. Cuando llegué a casa mi padre me abrió la puerta con la típica cara de cabreo que tanto le caracterizaba cuando algo no le gustaba y probablemente acabara mal. Me trajo malos recuerdos que no me gustaría que se volvieran a repetir.

—¿Dónde has estado? —me preguntó nada más verme—. Son las doce y media, ¿dónde has estado? —insistió sin paciencia, sin dejarme responderle.

—En casa de Marina, ya te lo he dicho. —A esas alturas yo ya estaba relajada y había tirado la toalla sabiendo que no tenía solución.

—¿Y por qué no me contestabas a las llamadas ni a los mensajes entonces?

—Porque estábamos hablando, ya sabes, papá, momentos de chicas... No puedo estar todo el tiempo pegada al móvil. —A mi padre debió de agradarle esa respuesta, ya que hasta yo me creí la mentira que estaba saliendo por mi boca.

—Muy bien, jovencita, puede que seas buena mintiendo, pero recuerda que tu padre no es tan tonto como crees. Dame tu móvil —dijo cabreado y yo se lo di bastante confundida sin saber para qué lo quería, si no tenía nada que ocultarle ahí adentro... Pero a lo mejor me equivocaba y tenía razón, a lo mejor no era tan tonto como yo creía.

Se fue a contactos y buscó el nombre de Marina para llamarla, ahí fue cuando gotas de sudor empezaron a deslizarse por mi cuello recordándome de paso que tenía un chupetón de Cody. Disimuladamente, mientras mi padre miraba la pantalla concentrado esperando a que Marina atendiera, me tapé el cuello con un mechón de pelo y di gracias al cielo de que mi padre no se hubiera dado cuenta. Mientras esperaba a que contestara, mi padre activó el altavoz para que yo pudiera oír la conversación.

—¿Zoe? —preguntó Marina confundida sin saber nada y supe que estaba atrapada en un callejón sin salida.

—Hola, Marina, buenas noches. Soy el padre de Zoe.

—Aaah, hola, señor Miller. Dígame. —Las manos comenzaron a sudarme y me las limpié en los costados del pantalón intentando ocultar mi nerviosismo como la que no quiere la cosa.

—Zoe acaba de llegar a casa diciendo que venía de estar contigo. ¿Eso es verdad? —Agaché la cabeza rendida... Ya estaba, esa sería la última vez en toda mi vida que yo viese la luz del sol.

—Sí, claro que sí. Zoe se acaba de ir de mi casa, señor Miller.

Inmediatamente levanté la cabeza sorprendida sin poder creerme lo que estaba escuchando. «¿Marina acababa de decir que sí?». Estaba convencida de que aquella niña era demasiado buena para estar en este mundo, le debía miles.

—¿Y qué estabais haciendo? —preguntó el pesado de mi padre, que seguía cavando en el mismo hoyo sin parar a pesar de no encontrar nada. Marina rio incómoda.

—Pues ya sabe, señor Miller: merendamos, luego vimos una película... En fin, una tarde de chicas, nada interesante —mintió Marina a la perfección, no podría haberle dado una respuesta mejor.

—Mmm... —aprobó mi padre mirándome todavía con un destello de sospecha en sus ojos.

—Señor Miller, si lo que quiere saber es si hemos bebido alcohol o hemos salido fuera a hacer gamberradas, tranquilo, que nada de eso ha pasado —rio esta vez con naturalidad. Tenía una risa preciosa.

—Está bien, Marina. Gracias por la información.

—A usted, señor Miller.

Cuando vi que iban a colgar me adelanté y dije:

—Espera, papá, pásame con ella, porfa. —Mi padre me

dio el teléfono y me dijo—: No te acuestes tarde, que mañana es la boda. —Se sacó un mechero y un paquete de tabaco del bolsillo y salió afuera a fumar. Yo desactivé el altavoz.

—Marina, ¿sigues ahí? —pregunté mientras subía las escaleras a toda velocidad.

—Sí, Zoe, sigo aquí —dijo en un tono apático totalmente diferente al tono alegre que le puso a mi padre antes.

—Gracias, Marina, no sabes lo agradecida que te estoy de que hayas hecho algo así por mí —dije entrando en mi habitación y cerrando la puerta.

—No hay de qué. Pero me duele, Zoe, que te haya tenido que salvar el culo después de que ni me avisaras de que habías llegado y, encima, ni se te haya pasado por la cabeza venir a visitarme —dijo dolida y, de repente, un sentimiento de culpa me invadió haciendo sentirme realmente mal.

—Lo siento muchísimo, Marina. No podía quedarme por mucho tiempo, vine para la boda de mi padre, que será mañana, y luego me voy de vuelta.

—Claro, para mí no has tenido tiempo, pero para él sí, ¿verdad? —lo soltó así, a bocajarro.

—Se hizo un esguince y fui a ver cómo estaba. —No podía dejar de decirle la verdad a Marina, después de cómo me había encubierto.

—Está bien, Zoe. Yo no soy tu padre, conmigo no tienes que poner excusas. Supongo que ya me llamarás cuando tengas tiempo o te apetezca —dijo y colgó.

—Mari... —Colgó antes de que pudiera decirle nada... Me sentía terriblemente mal, ella en comparación conmigo era una buena amiga, mientras que yo era una mierda de persona. Me tumbé en mi cama sintiéndome tan culpable que las lágrimas se me deslizaban solas por mis mejillas sin poder controlarlas.

CAPÍTULO 27

JESSICA

Era mi cumpleaños y al día siguiente ya era mi último día allí, pero esta vez definitivamente. Ya me había perdido suficientes clase, así que debía regresar a mi casa lo antes posible... A veces echo la vista atrás y me parece increíble que en tan poco tiempo haya vivido tanto...

Mi madre sabía que yo ese día lo quería pasar con James, así que por eso el día anterior ya celebré mi cumpleaños con antelación. Esta vez cuando fui a su casa no me perdí como la primera vez. Pero, para mi sorpresa, cuando fui a tocar el timbre, la persona que me abrió no fue James, sino su madre. Al principio me quedé un poco en shock sin saber qué decirle.

—Hola... Eeh... —dije, y me interrumpió antes de que pudiera terminar de presentarme.

—Hola, tú debes de ser Jessica, ¿cierto? James me habla mucho de ti —me preguntó con esa voz dulce que tenía. La madre era guapísima. Llevaba un moño mal hecho que le quedaba muy bien y un delantal atado a la cintura. Si la hubiera visto por la calle habría dicho que era una actriz famosa, no sé qué edad tenía, pero parecía muy joven y tenía una preciosa voz.

—Sí, soy Jessica, y ¿usted cómo se llama?

—¡Ah, perdón, qué tonta, no me he presentado! Soy Veronica, la madre de James. Ven, pasa, no te quedes ahí.

Entré y la casa era mucho más bonita que la primera vez que la vi. Esta vez sí que se veían aquellos pequeños detalles que no pude ver la primera vez por todo el desastre que había. La madre me guio a la cocina, de donde venían esas voces y risas, una de ellas familiar. Entré y vi a James. En ese momento mi pulso empezó a acelerarse... pero también le vi con otra chica. De repente la sangre empezó a hervirme. ¿Quién era y qué hacía ahí tonteando con James? La mesa estaba llena harina y de productos de repostería, entre otros alimentos.

—¡Jess, feliz cumpleaños! —Cuando James me vio se sorprendió y vino a darme un abrazo, le devolví el abrazo con fuerza... No quería soltarle, quería que nos quedáramos abrazados así un tiempo más largo.

—No sabía que era tu cumpleaños, Jessica —dijo Veronica, también sorprendida—. Felicidades.

—Felicidades —habló la chica, pero yo no le di ni las gracias, solo le sonreí falsamente.

—¿Cuántos cumples? —me preguntó Veronica.

—Dieciocho —respondí con la boca pequeña.

—¡Anda! Un año menos que mi James —dijo la madre cariñosa, cogiéndole la cara a James con las manos llenas de masa.

—Mamá, ya no soy tu James —dijo apartándose avergonzado de los cariños de su madre.

«Es verdad, ahora es mi James», pensé para mí.

—Mira qué casualidad, hoy justo estábamos haciendo cupcakes. Pues como es tu cumpleaños te haré uno especial... Ven, únete. —No dije nada, di un paso para delante—. O si quieres, James, le puedes enseñar la casa a tu amiga —me reí por dentro y James también sabiendo que yo ya la conocía.

—Sí, le enseñaré el jardín trasero. —James se me acercó y cuando le vi venir de frente el corazón se me aceleró—. Que eso no lo conoces —me susurró en el oído y los dos nos reímos atravesando la puerta que daba a un jardín precioso.

—¡Madre mía, qué bonito! —exclamé. Estaba superbién cuidado, con una fuente rodeada por plantas. Nos apartamos un poco de la puerta y llegamos a una parte del jardín un poco más íntima, detrás de unos arbustos.

—¿Quién era la chica esa que estaba contigo en la cocina? —pregunté sin poder aguantarme por más tiempo esa duda que me estaba carcomiendo por dentro.

—Una amiga de aquí del pueblo. ¿Por qué? —preguntó pillo.

—Por nada, solo curiosidad —dije intentando controlar los nervios.

—Hey, mírame —dijo levantándome la barbilla.

—¿Estás celosa? —preguntó con una sonrisa pícara.

—¡No! ¿Qué estás diciendo?

—La verdad —rio—. Estás celosa, no lo niegues.

—Que no, pesado. —Le empujé, pero eso solo consiguió que me irritara más porque en el fondo, por mucho que me molestara, decía la verdad.

—Mírame a los ojos y dime que no sentirías nada si cuando entras me ves besándola apasionadamente. —Le miré a los ojos, pero no pude decirle eso. Suspiré mientras ponía los ojos en blanco.

—Tú ganas —me rendí.

—¡Lo sabía! O sea, que estás celosa —rio.

—Bueno, sí... Puede que un poco —confesé orgullosa.

—Me encanta que te pongas celosa —dijo mirándome intensamente a los ojos—. Sé que me tienes ganas.

—No es verdad —mentí demasiado mal.

—Te mueres por mí —dijo creando un ambiente excitante que decidí cortar.

—Oye, ¿y tu padrastro?

—En la cárcel esperando su juicio. Mi madre le denunció el otro día por malos tratos. Esperemos que salga favorable para mi madre —dijo un poco preocupado.

—Seguro que sí, ya verás —le dije mirándole a los ojos mientras le acariciaba la mejilla.

—Ah, casi me olvido. —Se metió la mano en el bolsillo buscando algo, hasta que de repente sacó una cajita pequeña y me la entregó en la mano—. Feliz cumpleaños... otra vez.

—¿Me has comprado un regalo? —pregunté emocionada intentando contener mis ganas de llorar.

—Ábrelo —me animó James emocionado, con una sonrisa gigante en la cara.

—¡No me lo puedo creer! —Abrí la caja y vi que estaba el colgante con una perla colgando, el mismo que me llamó la atención el día que estuvimos paseando y lo vi en un escaparate—. ¡Es precioso, James, gracias! —dije esta vez sin poderme controlar las lágrimas y dándole un abrazo enorme.

—Te quiero —le susurré en el oído y le di un besito.

—Te quiero, Jess. —Me apretó con fuerza y notamos la

tensión que había entre los dos, que se asomaba a kilómetros.

—No me puedo sacar el maldito recuerdo de la cabeza —me dijo moviéndome la cara, obligándome a que le mirara a los ojos, estaban llenos de deseo...

—Yo tampoco —le respondí con la respiración levemente agitada.

—Y encima vienes con esa falda a provocarme —dijo mientras se mordía el labio, y se veía tan sexi haciendo eso que me entraron ganas de ser yo quien se lo mordiera.

—¿Sabes lo que me fascina ahora? —dijo observándome de arriba abajo.

—¿El qué? —pregunté con el corazón a mil.

—Que si quiero te puedo visualizar desnuda las veces que yo quiera. —Me derretí por dentro cuando dijo eso—. No puedes hacerme esto, Jessica —dijo pegándose más a mí hasta que no quedaba nada de espacio entre nosotros dos.

—¿El qué? —le pregunté en voz baja y noté cómo ambos empezábamos a excitarnos.

—Venir aquí a mi casa y presentarte así de guapa que me dan ganas de hacerte de todo menos algo inocente —dijo soltando una leve risa en voz baja.

—¿Qué cosas son esas? —pregunté intentando sonsacárselo mientras nos toqueteábamos cada vez más rápido y con más ganas.

—Por ejemplo, esto —me susurró en el oído mientras me agarraba.

—James, no podemos hacer esto. Está tu madre en la cocina y puede salir en cualquier momento —dije jadeándole en el oído, cosa que no ayudó mucho.

Solté un suspiro que animó a James a sacar un preservativo de su bolsillo. Mi corazón daba fuertes golpes en mi pecho de anticipación.

Nuestros jadeos se mezclaron en el poco espacio en el que estábamos.

—James, tu madre... —dije con miedo a que saliera al jardín.

—Relájate, Jess... Déjame relajarte—dijo muy cerquita de mi cuello. Luego me agarró.

—No pares —jadeé rebosando de placer.

—Pensaba que querías que lo hiciera —me gimió en el oído.

—Jess, rodéame como haces siempre, porfa —me suplicó en el oído a besos. Le rodeé con mis piernas mientras enredaba mis dedos en su pelo y le acariciaba, y sin saber cómo ambos teníamos los pantalones por los tobillos—. Di que eres mía —dijo empujándome más fuerte.

—Soy tuya —jadeé.

—Más fuerte —me pidió mientras me devoraba a besos.

—James, está tu madre...

—Más fuerte o paro de inmediato dejándote aquí con las ganas. —Me miró serio a los ojos.

—¡Soy tuya! —jadeé con los ojos cerrados de placer... Estábamos cerca, podía sentirlo.

—¡Más fuerte, Jess!

—¡¡¡Soy tuya!!! —Empezábamos a sudar y nos faltaba el aire.

—Dios, sí. Eres mía. —En este punto estábamos temblando de placer.

Terminamos rápidamente y menos mal porque acababa de oír ruidos sospechosos al otro del pasillo. Gracias a Dios que ya estábamos vestidos.

—Hey, ¿qué te pasa?

—Tu madre, corre —le dije sin poder armar una frase completa de los nervios. Le subí los calzoncillos deprisa y ya él me quitó las manos del medio y terminó de abrocharse los pantalones antes de que su madre nos pillara.

—¡Chicos! Los cupcakes ya están. ¡Venid! —nos llamó a lo lejos.

CAPÍTULO 28

ZOE

Llegó el día en el que mi padre y la asquerosa de mi futura madrastra se casarían y se prometerían amor eterno. Nada más levantarme, me di una ducha rápida, me vestí, me puse las sandalias plateadas de tacón fino con tiras de tachuelas de Margaret, unos pendientes largos con flecos de diamantes pero sencillos y un maquillaje muy suave..., y así bajé a desayunar.

—¡Buenos días! ¿Nervioso? —le pregunté a mi padre, que se sacaba y se metía en el bolsillo de su chaqueta constantemente un papelito todo arrugado. Serían los votos.

—Sí, un poco —dijo apartando la vista y volviéndome a mirar—. Estás muy guapa, Zoe.

—Gracias, papá. —Me senté en la silla con un paquetito de fruta deshidratada, sí, eso era lo que pensaba desayunar.

—Oye, Zoe —dijo acordándose de algo—, pensé que querrías saberlo. —Se guardó otra vez el papelito en el bolsillo y me estaba poniendo nerviosa porque no hablaba.

—¿Y bien? —pregunté para que me dijera aquello que tanto me interesaba saber.

—Al final Cody vendrá a la boda.

El corazón me dejó de latir. No estaba preparada para tanta sorpresa desde tan temprano.

—Eh..., y... Y ¿cómo es que...? —me cortó él también sin saber cómo formular una frase.

—Max me dijo que necesitaba verle y que con todo el tema de la liga y luego que se hizo el esguince no tuvo la oportunidad. Después de todo, parece ser que tú ya no estás tan loca por él como antes —dijo con ingenuidad sin tener ni puta idea de lo que hice la noche anterior con él y de las cosas que se me pasaban por la cabeza con simplemente escuchar su nombre... «Max, te quiero». Sabía que podría convencerle... pero luego se me pasó por la cabeza el pequeñísimo detalle de que Cody estaba enfadado conmigo por el descuido que sucedió, e inmediatamente se me borró la sonrisa de la cara. La parte positiva al menos sería que me lograría ver con este vestido puesto que me quedaba de escándalo.

—Sí, mmm... ¿Puedo hacerte una pregunta? —dije jugueteando con la fruta deshidratada.

—Sí, dime.

—Aunque yo ya no sienta lo mismo por él ahora que como solía hacerlo antes, ¿cómo es que esa es una razón suficiente como para que vaya a tu boda? Pensé que le odiabas.

—Odiaba verle contigo, pero no con Max —reconoció y yo ya lo entendí todo. De todas formas, ese día Cody tampoco me iba a prestar mucha atención, así que las cosas saldrían bien entre nosotros estando en la boda.

De repente Max bajó con su traje de chaqueta, le sentaba muy bien.

—¡Buenos días! ¿Y tu esposa? —le preguntó irónico a mi padre.

—Margaret está en casa de unas amigas arreglándose.

—Bien, entonces ¿cómo hacemos? Zoe se venía conmigo, ¿no? —preguntó Max.

—Sí... Mmm... No —pensó mi padre en voz alta. Max puso cara de extrañado.

—¿Ahora qué pasa?

—No quiero que vaya con Cody en el mismo coche.

—Joder, papá, ahora fastidias todos los planes, ya lo tenía

previsto de esta manera. ¿Que la vas a llevar tú que sales más tarde? Yo no pienso dar dos malditos viajes como un chófer.

—Vale, vale, está bien. Pero que uno de ellos vaya en el asiento delantero —dijo pasándose la mano por la frente estresado.

—Está bien, cálmate, que conmigo delante no se van a enrollar.

No pude contenerme la risa a ese comentario, a veces mi padre estaba enfermo...

—No, Zoe, tú ponte detrás, que este sitio es para Cody —me ordenó mi hermano cuando salimos afuera.

—Bueno, pues cuando lleguemos a su casa me cambio de sitio.

—No seas niña pequeña, que de aquí a su casa en coche se tarda un minuto y medio como mucho —dijo con chulería.

—A ver si te queda claro una cosa: no pienso llegar a su casa en el asiento de detrás, ¿vale? —Me miraba rabioso sin contestar—. Bien —dije con seguridad y me monté en el coche. De camino a su casa, decidí romper el hielo diciéndole algo que quería desde que mi padre me dio la noticia de Cody y era que...—. ¡Te quiero! —le dije de repente.

—De nada —me respondió sabiendo por dónde iban los tiros—. Te dije que lo conseguiría. Pero ya te avisé de las consecuencias, si invitaba a Cody se quedaba conmigo.

—Sí, sí, tranquilo, si tampoco va a querer verme...

—¿Por qué? —preguntó curioso.

—Nos peleamos. —Puso cara de sorprendido y luego tocó el claxon cuando llegamos a la puerta de su casa—. Ya te puedes bajar —dijo mirando al frente.

—Me bajaré cuando salga a la calle.

—Dios, qué pesada eres. No entiendo de dónde has sacado esos genes.

Nos quedamos un rato esperando y luego salió. Estaba increíblemente guapo, pero yo no me bajé hasta que no llegó al coche. Cuando se iba a montar, decidí bajarme para dejarle el asiento de delante y para que pudiera verme bien de frente, por si no llegaba a verme en la boda. Nada más bajarme vi como su mandíbula se abría y me miraba de arriba abajo recorriéndome con la mirada. Yo disfrutaba porque, a pesar de que no me había dicho que estaba guapa, sé que lo estaba pensando en su cabeza. Después nos montamos en el coche.

—¿Nos vamos ya? —preguntó Max y después de decir que sí arrancó el coche.

Llegamos a una preciosa finca con flores blancas por todas partes, había bancos a ambos lados del pasillo por donde pasaría Margaret, y mi padre ya estaba en el arco nupcial esperando. Al final, no sé cómo, pero nos retrasamos más que él... Nos sentamos en nuestros sitios, que eran en los bancos de delante del todo, mientras la gente iba llegando poco a poco. Yo me giré para ver dónde estaba Cody. Estaba en el otro lado del pasillo en los otros bancos... Le pillé mirándome y me dio tanta vergüenza que aparté la mirada y volví a centrarla al frente; luego agaché la cabeza y me levanté un poco el vestido para verme los chupetones que me había dejado. Mi corazón empezó a latir fuerte cuando se me vino a la cabeza el recuerdo de la noche anterior. De repente una fuerte música me sacó de mi ensimismamiento haciendo que volviera a la realidad. Me giré y vi a todo el mundo bien colocado en sus asientos y esperando a la novia. Hasta que, de pronto, apareció Margaret agarrada del brazo de su padre. Aunque me moleste reconocerlo... estaba guapísima. Llevaba un precioso vestido de corte sirena con las mangas de encaje. Me giré y vi a mi padre temblando como un flan, no sé por qué pero no pensaba que se pondría tan nervioso.

—Buenos días. Nos encontramos hoy aquí reunidos para unir en matrimonio a David y a Margaret. A continuación, David Miller, el novio, nos leerá algo que ha escrito en honor de la pareja —dijo el juez de paz y yo automáticamente me abstraje a mi mundo interior. Sabía que los votos de mi padre iban a ser largos y sumado a lo de Margaret se harían interminables, así que decidí darme un paseo por el pasado, por el momento en el que fui a casa de Cody y me dijo con ansias: «Quiero estar contigo Zoe». Esas palabras se repitieron en bucle en mi mente como un disco rayado, haciendo que me mojase ahí abajo y mi respiración se disparara. Me giré disimuladamente para verle, esa vez no me estaba mirando, pero el cabrón tenía unos reflejos impresionantes porque notó que le estaba observando y se giró a mirarme, pero yo fui más rápida, y antes de que pudiera, giré mi mirada al frente. Wow, fue emocionante...

—Hemos llegado al momento clave de la ceremonia, en el que vosotros debéis tomar la palabra para confirmar lo que sentís el uno por el otro. Así pues, os pregunto: David Miller, ¿quieres contraer matrimonio con Margaret Hill? —dijo mirando a mi padre. «Por favor, di que no, di que no, di que no», rogué en mi cabeza.

—Sí, quiero —contestó mirando a Margaret.

Mierda, todavía tenía fe en que diría que no.

—Margaret Hill, ¿quieres contraer matrimonio con David Miller?

—Sí, quiero.

Ya está, ahora oficialmente mi vida sería una mierda porque las respuestas de Margaret pasarían de «hazle caso a tu padre» a «hazme caso, que soy tu madrastra», y yo no era la típica pelotera, yo era más bien sincera y si hacía algo que no me gustaba se lo decía a la cara.

—Ahora podéis proceder al intercambio de los anillos.

—Yo, David, te tomo a ti, Margaret, como esposa y prometo serte fiel y cuidar de ti en la riqueza y en la pobreza, en la salud y en la enfermedad, todos los días de mi vida.

—Yo, Margaret, te tomo a ti, David, como esposo y prometo serte fiel y cuidar de ti en la riqueza y en la pobreza, en la salud y en la enfermedad, todos los días de mi vida.

Entonces se dieron un beso apasionado que hizo que todo el mundo aplaudiera menos yo... Yo no aplaudí.

Más tarde, en la celebración, cuando nos pusimos a comer, yo me senté en la misma mesa que Max y Cody, pero al parecer mi padre me vio a kilómetros y vino corriendo como un desesperado.

—Zoe, Zoe, cielo —dijo jadeando por haberme perseguido por todo el jardín y esquivando las mesas como un paranoico.

—Tu asiento está justo ahí —dijo señalándome una mesa llena de viejos en la otra punta bien lejos de Cody.

—Papá, no pienso ponerme en esa mesa, no conozco a nadie.

—No es que lo tengas que pensar, es que me tienes que obedecer.

Me puse nerviosa al saber que Max y Cody estaban pendientes de la conversación. Con mucha rabia contenida me di la vuelta y me fui para la mesa que me señaló porque no quería discutir con él el día de su boda. Un rato más tarde decidí levantarme para ir al baño y así aprovechaba para darme un paseo porque no me resultaba agradable estar en una mesa con gente a la que no conocía de nada, seguramente serían familiares de Margaret o yo qué sé.

Cuando fui caminando por los preciosos jardines me paré en seco y me senté en un banquito debajo de un árbol. Me eché para atrás y suspiré cansada... Bajé mi mirada y me miré los muslos, me encantó que me hubiera dejado aquellas marcas porque, a pesar de estar peleados, yo sentía que llevaba una parte de él a todas partes tatuada en mi piel.

—¿Qué haces? ¿Mirándote las señales que te dejé? —De repente pensé que me estaba volviendo loca y estaba escuchando voces, hasta que le vi. Estaba a unos pasos de mí y se acercaba subiendo por unas escaleritas. Me puse muy nerviosa, ya que llevábamos esquivándonos todo el rato y ahora que le tenía de frente no sabía cómo reaccionar...

—Sí... Todavía siento que me quieres cuando me las miro.

—Y te quiero, lo sabes. Solo que eso no quita que esté enfadado por lo que pasó.

—¿Para qué me has seguido? —dije yendo directamente al grano, pero no le dejé responder porqué seguí hablando—: Dios, mi padre sobrepasa los límites de la paranoia. Hasta el día de su propia boda me tiene vigilada para que no me acerque a ti y tú no te acerques a mí.

—No quiero ni pensar cuál sería su reacción al vernos juntos ahora mismo —rio y yo también, hasta quedarnos en un silencio que pedía a gritos un beso de reconciliación.

—Cody, yo...

—Debería irme —me cortó—. Si llega a ver dos asientos vacíos sabrá que somos nosotros —dijo incómodo y se largó. Estaba claro que, a pesar de querer acercarse a mí, le había molestado mucho lo que pasó entre los dos, más de lo que pensé, y ahora estaba dolida y preocupada porque no sabía cuánto tiempo pasaría hasta que estuviéramos bien. No había pasado ni un día y ya le echaba de menos. Necesitaba sus besos como el aire para respirar y sabría que este «tiempo» que nos íbamos a tomar no lo pasaría nada bien.

CAPÍTULO 29

JESSICA

—¿Ya lo tienes todo? —preguntó mi tía Monica irrumpiendo en mi habitación.

—Sí... —dije con un sentimiento agridulce. Estos días puedo decir que han sido los mejores de toda mi vida. Quería pasarme por la casa de James y arrastrarle conmigo al avión llevándomele a Los Ángeles. Después de pasar todos los días con él, iba a tener un sentimiento de ansiedad por la separación, pero al mismo tiempo me llevaba los mejores recuerdos conmigo y un regalo que significaba más que cualquier cosa para mí: el colgante de James. No pensaba quitármelo nunca... Así lo llevaría siempre conmigo.

—Bueno. Pues cuando quieras. —Cerré la maleta y fui al salón. Mis abuelos se despedían de mi madre y mis hermanos.

—Adiós, Jessica —dijo mi abuela abriendo los brazos para darme un achuchón.

—Adiós, abuela, te echaré de menos. —Me separé de ella y le di un abrazo a mi abuelo. —Adiós, abuelo, te echaré de menos.

—Sabes que estás invitada siempre que quieras venir —me dijo con una sonrisa y le sonreí de vuelta.

—Bueno, vámonos, Jessi —dijo mi madre empujándome levemente del hombro hacia delante.

—¡Adiós! —dijeron los tres a la vez, y mi familia y yo nos despedimos saliendo de la casa.

—Me tengo que despedir de James antes —le dije a mi madre por duodécima vez esa mañana.

—Sí, claro. Te acompañaremos y de ahí nos cogemos un taxi de camino al aeropuerto.

Asentí y fuimos a su casa. Mi madre y mis hermanos me esperaron en el otro lado de la calle cuando fui a su puerta y toqué el timbre paciente con los sentimientos a flor de piel... Pero, para mi decepción, no me abrió la puerta James como esperaba que hiciera, sino su madre.

—Hola, Jessica, querida —me dijo con una sonrisa triste cuando me vio—. Lo siento muchísimo, cielo. James ahora no está en casa. —Se me partió el alma, pude notar cómo la ansiedad creció en mi pecho a un ritmo irrefrenable—. Te vas ya, ¿verdad?

—Sí... —dije conteniéndome las lágrimas.

—Ahora mismo está con Melanie, pero vendrá en diez minutos. Tú tienes prisa, ¿verdad? —preguntó preocupada por mí.

—SÍ... ¿Quién es Melanie?

—La chica de ayer que estaba ayudándonos con los cupcakes.

Ahí ya sí que no pude aguantarme las lágrimas ni un segundo más y estallé.

—Cielo, ¿qué te pasa? —preguntó abrazándome. ¿No era obvio lo que me pasaba? James sabía que yo ese día me iba por la mañana temprano, ¿por qué había decidido irse por ahí?

—¿Por qué se ha ido James? —pregunté lloriqueando como una niña pequeña.

—Por lo visto, el abuelo de Melanie se ha puesto muy enfermo y necesitaba que un amigo la acompañara.

Sí, claro, no nací ayer. Yo sabía cómo me miraba esa chica el día anterior cuando entré en la cocina. Le corté el rollo que estaba teniendo con James y era mucha casualidad que su abuelo se pusiera enfermo justo el día en el que yo me iba. Además, ¿no tenía más amigos aparte de James? Seguro que sí, lo que pasa es que quería alejarme de él... Yo no lo percibía, yo lo sabía.

—Bueno, me gustaría que cuando volviera le dijera, por favor, que me pasé por aquí para verle —le dije limpiándome las lágrimas.

—Está bien, cielo, yo se lo digo. Que tengas un bonito viaje.

Asentí con una sonrisa deseando que fuera verdad. Porque sabía que en el viaje iba a ser de todo menos bonito...

CAPÍTULO 30

ZOE

Otra vez de vuelta en esta maldita cama de internado que es más incómoda que mi vida ahora mismo. Ha pasado ya un mes desde la última vez que vi a Cody, que fue en la boda de mi padre. Desgraciadamente, los chupetones ya se me estaban poniendo de color amarillo, así que los iba a perder pronto... Desde entonces no he recibido ni una llamada, ni un mensaje..., nada.

Habían sido las dos semanas más horrorosas de mi vida, al menos que yo recordara. Incluso más horrorosas que cuando me separé de él la primera vez. Lo que me quedaba claro es que Cody no era alguien para quien una relación a distancia pudiera funcionar porque en cuanto supo que iba a volverme al internado cortó la comunicación entre nosotros.

Hasta ese día, cuando publiqué una historia en Instagram diciendo que volvía a casa, y me contestó a la historia diciendo que teníamos que vernos... Bueno, al menos eso era una buena señal. Lo malo es que estuve la hora entera que duraba el camino del internado a mi casa nerviosa pensando a ver lo que me iba a decir... «Por favor, que diga que no quiere verme más; por favor, que no me lo diga».

Tampoco sabía si cuando volviera de nuevo a casa podría verlo, no volvía en las mejores circunstancias. De hecho, estaba volviendo mucho antes de lo esperado porque algo realmente horrible había ocurrido, algo que nunca pensé que podía pasar, ni cuando me peleaba con él y por dentro le deseaba la muerte con todas mis fuerzas. Mi padre había tenido un accidente.

En esos momentos me encontraba en medio de la carretera yendo hacia el hospital: mi padre había tenido un grave accidente y mi hermano había venido a buscarme para que le viera...

—Zoe, ¿qué te pasa que estás muy seria? —preguntó Max mirándome de reojo.

—Que no sé qué se supone que debo decirle cuando le vea. ¿«Hola, papá, menudo accidente has tenido con la moto»?

—Zoe, no me provoques dolor de cabeza, por favor, el viaje es largo.

—Si tú supieras lo que es dolor de cabeza de verdad... Llevo una semana entera vomitando sin parar y no entiendo qué me pasa —dije notando cómo me entraba fatiga al mencionar el tema.

—No seas exagerada, habrá sido algún alimento de esos asquerosos que os ponen en el internado.

—Será... —De repente noté cómo se me revolvía el estómago—. Max, para —le ordené tocándole el brazo.

—Vale ya, basta. No te pongas en modo dramática, que el chiste ya pasó —dijo riéndose.

—Lo digo en serio: o paras o te vomito en el coche —dije mareada y sintiendo unas terribles náuseas.

—Vomita, venga —dijo con chulería... y vomité. Max frenó de golpe. Tampoco había peligro porque éramos los únicos en una carretera estrecha, larga y solitaria rodeada de campo.

—¡Dios, Zoe, qué asco!

—Sabes que el coche siempre me da mareo...

—Ahora tendremos que pasar lo que queda de viaje con olor a vómito —se quejó.

—Te avisé cuando tenías oportunidad. Venga, arranca —dije echándome para atrás y abriendo la ventana.

Max no se equivocaba, por mucho que lo limpiamos, el

olor a vómito era tan persistente que nos acompañó durante todo el viaje.

Cuando llegamos al hospital mi padre estaba consciente pero su aspecto era bastante grave, con casi todo el cuerpo vendado, y Margaret estaba a su lado llorando como una magdalena.

—Hola, papá, ¿cómo te encuentras?

—Mejor, gracias —dijo quieto como una momia moviendo solamente los labios.

De repente mi teléfono comenzó a sonar.

—Un segundo —me disculpé y salí para afuera mientras mi hermano se ponía a hablar con mi padre. Miré la pantalla y vi que era él. Dos semanas sin saber de él y justo ahora tenía que decidir llamarme. Cody, siempre fiel a sus propios ritmos e ignorando los de los demás. Respiré hondo y le descolgué la llamada.

—¿Zoe? —escuchar su voz hizo que mi cuerpo reaccionara emocionado y me cabreé porque tenía más poder sobre mí del que me gustaría...

—Hola...

—Max ya me ha contado lo de tu padre. Lo siento mucho. Oye, tengo que ir a hablar contigo, ¿en qué hospital estás?

—Estoy en Centro de Trauma, nivel uno. Te espero.

Nos despedimos y le colgué pacientemente mientras me sentaba y balanceaba mis pies en el aire como una niña pequeña. Fui al baño y, para mi sorpresa, estaba bastante sucio en comparación con lo limpio que estaba el hospital, había manchas de sangre en la taza y un tampón usado tirado en el suelo.

—¡Qué guarra es la gente! —dije a punto de vomitar otra vez... hasta que caí en la cuenta de una cosa... ¿Cuándo fue la última vez que a mí me llegó el período? Mierda, la última vez que me llegó fue antes de la boda de mi padre. Me pasé los diez minutos que tardó Cody en venir nerviosa, andando de un lado para otro decidiendo si debía decírselo o no... ¿Qué se supone que debería hacer? Seguro que si se lo decía no sabría cómo gestionarlo... pero necesitaba saberlo, no podía ocultarle algo así. Mierda. Las vibraciones de mi móvil me asustaron, pero me asustó más ver el nombre de Cody en la pantalla.

—¿Sí? —pregunté controlando mi voz para que no me notara nerviosa. Cuando le tuviera de frente tendría que controlar mi cara y mi voz...

—Estoy en la puerta.

«Mierda, mierda, mierda».

Salí nerviosa.

—¡Hola!... ¡Cuánto tiempo!

—Sí... Cuánto tiempo. Oye, Zoe, sé que es un momento importante con tu padre, pero yo quería decirte primero que el motivo por el cual te llamo hoy es porque sabía que vendrías, porque que hayas estado ocupada estudiando en el internado no significa que no haya pensado en ti todos los días, debí darte ese beso en la boda de tu padre cuando tuve oportunidad. Estabas resplandeciente. No podía quitarte los ojos de encima y de sentirme afortunado de que quieras estar conmigo. Pero no sé cómo hacerlo cuando no estás, esa es la verdad.

Cuando dijo que quería estar conmigo, mi corazón se volvió loco de amor.

—Mañana me voy a Washington, tengo una entrevista en la Universidad de Seattle en Washington, y solo quería despedirme.

—¿Y ahora? Ahora que tienes la oportunidad... ¿me darás un beso? —Le miré con ojitos de súplica y se acercó a mí dándome un beso tierno y largo.

—Dios, es que si empiezo no paro —dijo besándome el cuello y apartándose rápidamente cuando se dio cuenta de que iba a más...

—Cody, tengo que decirte algo...

—Dime, pequeña.

—No te calles cuando lo diga, por favor. —Mi pecho empezó a subir y a bajar con alteración.

—Zoe, ¿qué pasa? —me insistió con el tono más serio.

—No me llega la regla —dije levantando la cabeza y mirándole a los ojos sin dar más rodeos.

Este libro se terminó de imprimir
en el mes de mayo de 2021.